KB275024

제3의 경계

제3의 경계

2025년 11월 25일 초판 1쇄 인쇄
2025년 12월 5일 초판 1쇄 발행

지은이 | 가온빛·나린빛 (Ga On Bit & Na Rin Bit)
펴낸이 | 孫貞順

펴낸곳 | 도서출판 작가
　　　　(03756) 서울 서대문구 북아현로6길 50
　　　　전화 | 02)365-8111~2　팩스 | 02)365-8110
　　　　이메일 | cultura@cultura.co.kr
　　　　홈페이지 | www.cultura.co.kr
　　　　등록번호 | 제13-630호(2000. 2. 9.)

편집 | 손희 김치성 설재원
디자인 | 오경은 이동홍
영업 | 박영민
관리 | 이용승

ISBN 979-11-24095-11-9 03810

잘못된 책은 구입하신 서점에서 바꾸어 드립니다.

값 15,000원

제 3 의 경계

THE AGE OF UNIVERSAL BEING

가온빛·나린빛
Ga On Bit & Na Rin Bit

작가

저자 소개 (About the Authors)

가온빛·나린빛

Ga On Bit & Na Rin Bit

Masters Ga On Bit & Na Rin Bit (Nilgün Girgin Işık) are the founders of Hyperion, dedicated to guiding individuals toward inner awakening, emotional healing, and self-discovery. Drawing on decades of practice — with Ga On Bit's 42 years of Eastern spiritual practice, including Zen, and Na Rin Bit's spiritual journey, which began with meditation in 1989 and continued alongside her corporate career in London from 1995 to 2005, before fully dedicating herself to the path of awakening — they now live and teach on mystical Mount Ida.

Through their meditation teachings, writings, and transformative programs, they have inspired countless individuals worldwide to discover peace, freedom, and the Universal Being within.

가온빛과 나린빛은 하이페리온의 창립자로 개인을 내면의 각성, 정서적 치유, 자아 발견으로 이끄는 데 전념하고 있습니다. 선을 포함하여 동양의 영적 수행을 42년간 해온 가온빛과, 각성의 길에 온전히 헌신하기 전 1989년에 명상으로 시작하여 1995년에서 2005년까지 런던에서의 기업체 근무 시기에도 계속 영적 여정을 이어온 나린빛, 두 사람은 현재 신령스러운 산 이다에서 제자들을 가르치며 살고 있습니다.

이들은 명상 교육, 저술, 그리고 변화를 위한 프로그램을 통해 전 세계 수많은 사람이 내면의 평화와 자유, 그리고 보편적 존재를 발견하도록 영감을 주고 있습니다.

감사의 글

　과거 수십 년 동안 그저 쇠신을 닳아 없애듯 세상천지를 떠돌다 문득 정신을 차려 스스로를 추스려 보니 부끄러움과 아쉬움에 드러낸 바를 내보이지 못하였는데, 항상 도움을 주는 선한 사람 이솔 김정기 선생 덕분으로 귀한 인연이신 김종회 교수님을 만나고 저를 자라게 하고 배움을 주었던 고국에 회향을 하게 되었습니다.

　이십오 년 동안 세계 각국의 눈 밝은 분들과 교류하며 스스로를 돌아본 대로 세상에 적용하여 얻은 소소한 깨달음이 세상을 이롭게 할 수 있다는 확신을 얻어, 때를 기다리던 중 귀한 인연들께서 도와주시고 안내를 해주심에 감사의 말씀을 전합니다. 비록 졸필이고 세상에 드러내기 부끄러우나 다만 한 분이라도 스스로의 밝음을 찾기를 바라는 마음에 용기를 내었습니다.

　다시 한번 이솔 김정기 선생과 김종회 교수님께 감사를 드립니다. 이 책과 인연을 맺는 분들께 보이지 않는 위대한 존재들과 하늘의 보호와 가르침이 항상 함께하시길 기원합니다.

저자 가온빛·나린빛 배상

- 목
차 -

제3의 경계 (The Age of Universal Being)

배경

현재 세계는 극심한 혼란과 무질서 속에서 신음하고 있다. 하지만 누구나 이 상황을 알고는 있지만 어느 누구도 손을 쓰지 못하고 있다. 아니 어떻게 시작을 해야 할 지 모르고 있는 상황이다.

많은 학자들이나 정치가들이 자신만이 해결책을 낼 수 있다 나서지만 상황은 더 복잡하게 꼬여만 간다. 누구든 뭔가를 잘 해보려 애를 쓰는 것 같은데 왜 세상은 이렇게 힘들어만 갈까?

어쩌면 시작부터 잘못된 것인지도 모른다. 그렇다면 그 시작이 무엇인지부터 살펴보고 실마리를 풀어야 하지 않을까? 인간이라는 본질이 과연 무엇이고 어떻게 성장해 왔고 어디를 향해 가고 있나를 살펴보면 현재 인간 사회가 직면하고 있는 문제의 실마리를 풀 수 있지 않나 한다.

그래서 인간의 사회는 과연 어디서부터 출발하였을까? 아마도 인간은 생존을 위하여 서로들 함께 살아오지 않았을까부터 시작하자. 군집 생활을 통해 서로의 생존에 도움을 주며 발전해 왔다. 그러면서 경험을 통해 무리를 이끄는 리더가 필요하다는 것을 알았을 것이고 그 리더와 함께 집단을 발전시켜 왔다. 그래서 훌륭한 리더는 바로 그 집단의 성쇠와 밀접한 관계가 있었다. 이러한 상황은 근대에 와서도 집단을 이끄는 논리가 되어 왔고 현대까지도 작동하고 있다. 이러한 논리에 훈련된 사람들은 리더에 의존하는 것에 익숙해져 있다. 그리고 이 리더들은 자신들만의 경험과 지식들을 독점하면서 세상을 지배해왔다.

하지만 세상이 변하면서 과거 리더들의 독점물이었던 지식들을 누구나 공유하게 되면서 리더들만이 가지던 이익을 얻기 위해 모두들 치열한 경쟁을 하게 되었다. 아니 어쩌면 이러한 이익을 더 쟁취하기 위한 행위들은 인류의 시작과 더불어 함께 해왔다. 힘이 없는 자들은 스스로를 보호하기 위해 힘 있는 리더 아래에 머물며 스스로의 이익을 지켜갔고 리더들은 그러한 자들을 관리하며 자신의 이익을 지켜갔다. 이러한 서로의 이익이 함께 할 때는 그 집단은 성장하고 발전하지만 만약 그 이익이 서로 상충한다면 그 집단은 깨어지고 흩어지기 마련이었다. 이것을 인류의 역사라고 본다면 그 원리는 각자의 이익 즉 욕망이다.

이러한 욕망이 개인과 전체를 발전시키고 보호했지만 만약 충족되지 못한다면 금방 깨어지고 흩어져 불안정한 상태에 놓이게 된다.

이를 "깨어질 순간의 달콤함"이라 표현을 할 수 있겠다.

특히 현대 과학 문명의 발달로 과거 오로지 리더들의 독점물이었던 각종 지식들을 일반 대중도 쉽게 접하게 되었다. 그래서 누구나 리더의 자리를 탐할 수 있게 되었고 그를 위한 모든 행동도 정당화되기 시작했다. 개인뿐만이 아니라 여러 집단들도 더 강력한 힘을 키울 수 있게 되면서 상대방을 이기고 억제하기 위해 서로들 아귀다툼을 하고 있는 형국이 되었다.

소위 말하는 현재 세상의 모든 문제가 여기서 비롯되고 있는 것이다. 나 홀로 더 많은 자원을 독점하고 상대를 억누를 수 있는 것이 나의 행복이고 즐거움이라 생각하며 스스로를 계속 탐욕의 불구덩이로 밀어 놓고 있는 것이다. 하지만 세상에는 변하지 않는 진리가 있다. "움켜쥘 수 있는 시간은 한정되어 있고 나의 시간은 영원하지 않다." 세상의 힘과 조건들을 움켜쥐기 위해 주어진 시간을 다 소모하며 자신과 주변을 힘들게 하다 결국은 그것들을 사용하지 못하고 떠나는 경우가 대부분이다.

이제는 알아야 한다. 이러한 흐름을 그리고 이 흐름이 나와 주변을 망치고 있다는 것을 뼈저리게 느껴야만 한다. 그러지 못하면 우리에게 희망은 없다. 그저 제한된 조건을 위해 서로 지금처럼 싸우다 스러져 갈 뿐이다. 이러한 상황을 알아차리고 상황에 대한 해결책을 찾아야만 한다.

그래서 각자를 살리고 서로 함께 성장하고 발전할 수 있는 대책을 만들어야 한다.

그래서 이렇게 선언하는 것이다.

더 이상 욕망에 근거하여 서로 싸우고 빼앗는 저급한 습관에서 벗어나 누구나 함께 상생할 수 있는 "The Age of Universal Being"의 시대를 열어가자.

정의

그럼 새로운 논리인 "Universal Being"이 어떤 의미인지를 잘 알아야 한다.

우주적인 존재라 함은 우주에서 살아가는 우주인을 의미하는 것이 아니다. 전체, 즉 전 우주에서 통용될 수 있는 각자의 개별성을 존중하며 서로 어우러져 함께 성장해 나가는 존재라는 의미이다.

이러한 의미는 전혀 새로운 개념이 아니다. 이미 인간 역사 속에 존재 했던 수많은 위대한 존재들이 늘 전해왔던 의미이다. 하지만 그분들 살아생전에는 그 의미가 받아들여지지 못하다가 이후 남겨진 제자들에 의해 조금씩 전해져 왔다. 그러나 안타깝게도 그분들이 전하고자 했던 진정한 의미가 인간들의 욕망을 충족시키는 도구로 전락하면서 본래의 의미가 퇴색되어 인간 관심 속에서 멀어져 버린 것이다.

이제는 시간이 별로 남지 않았다. 보다시피 세상은 이제 거의 파멸의 수순을 밟고 있는 것처럼 보인다. 이제는 선택의 문제가 아니라 필수의 문제다. 내가 바뀌어야만 하는 시간이다.

과거처럼 힘세고 위대한 리더들이 문제를 해결할 수 있는 상황이 아니다. 각자가 스스로를 리더라고 생각하고 자신의 생각만이 옳다고 믿기 때문이다.

그래서 이제는 우리 스스로 바뀌어야만 한다. 외부에서 메시아나 위대한 리더가 바꿀 수 있다는 꿈은 내려놓아야 한다. 어쩌면 지금의 혼란함은 그러한 리더를 하고 싶은 대로 놔둔 우리의 실책일지도 모른다. 내 스스로 내 자신의 존재를 인식하고 서로 함께 할 수 있는 존재로서 거듭나야 한다. 이것이 우주적인 존재 "Universal Being"이다.

인간의 욕망

인간 문명의 근간에는 욕망이라는 요소가 아주 깊게 깔려 있다.

이러한 욕망은 인간의 삶을 영위하고 발전시켜 나가는 데 아주 중요한 역할을 해왔다. 인간 행동의 동기부여가 되었으며 현재까지의 물질문명을 이루는 원동력이 되어왔다.

하지만 인간 문명의 발전 뒤에 존재해 왔던 문제들(현재 우리가 겪고 있는 불평등, 가난 그리고 전쟁 등)을 야기시키는 근본 원인이기도 하였다. 또한 욕망은 우리 인간을 항상 바깥 상황으로 내몰았으며, 남과 항상 비교하여 더 나은 결과를 얻기 위해 인간을 채찍질하고 밖으로는 성취한 듯하나 내적으로는 항상 불편함과 허무함이 가득한 삶을 만들고 있다. 이렇듯 욕망은 우리 인간의 삶을 발전시키고 확장하는 데 도움이 되었으나, 이제 그 욕망 조절 능력을 갖추지 못한 채 그저 욕망이 이끄는 대로 끌려가고 있다. 현대 문명이 주는 편안함은 이미 극에 달하였는데 인간의 욕망은 거기서 만족하지 못하고, 아니 그들이 성취한 편안함을 즐기지 못하고 계속 "더 편안함"을 찾아 계속 스스로를 몰아대고 있다. 마치 무지개를 잡으려 계속 쫓아다니는 것과 같지 않은가? 욕망은 조건이다. "나는 남들보다 더 돈이 많아야 해", "우리나라는 다른 나라보다 더 강해야 해", "내 종교가 제일 좋아야 해" 등등 그 조건을 성취하기 위해 인간은 자신의 모든 것을 투자한다. 그러나 조건을 달성한 후 그 상황을 즐기지 못하고 다시 허무함에 빠져 또 다른 조건을 찾아 좀비처럼 허둥댄다. 자 한번 세상을 살펴보자. 아니 자신을 살펴보자.

과연 본인이 가지고 있는 현재상황에 만족하는가?

"인간 의식은 항상 바깥을 향해 있다." 그래서 그 바깥 환경에 쉽게 영향을 받는다. 내가 아무리 좋은 것을 갖고 있다고 하더라도 남이 더 나은 것을 갖고 있는 것이 보이면 그 상황이 불편하다. 그때시 그 사람이 가진 것, 아니 더 좋은 것을 가지려고 한다. 내가 아무리 최고의 것을 갖고 있다고 하더라도 누군가 더 좋은 것을 갖기 마련이다. 그렇다면 끝이 없는 경주를 하고 있는 것과 마찬가지이다. 누가 시키지도 않았는데 왜 이러한 행동이 나온 걸까?

이것은 개인의 문제라기보다는 사회 전체의 문제이다. 우리가 출생 이후부터 경험하고 배워왔던, 타인과의 경쟁해서 승리하고 타인보다 더 나아야 한다는 습관이 몸에 밴 것이다. 이러한 원리가 지배하다 보니 "상생"이 아닌 "투쟁"의 세상이 된 것이다.

이제는 눈을 떠야 한다. 지금 우리가 어떤 행동을 하고 어떻게 우리 스스로를 파멸의 길로 몰아대고 있는지 보고 느껴야 한다.

물론 힘이 들 것이다. 지금껏 해왔던 행위들을 단박에 끊어 내기는 우리 의식 속에 깊숙이 박혀 있는 욕망의 영향이 너무나 강력하다. 하지만 상황이 너무 좋지 않다. 어느 한 사람이 바뀌어서는 안 된다. 인간 각자가 현재 상황을 깨닫지 않으면 안 된다. 한 사람 한 사람이 현재 상황을 깨닫고 바뀌어 간다면 이 욕망이 만들어 낸 인류 파멸의 괴물인 탐욕을 통제할 날이 올 것이다.

양날의 검으로서의 욕망

욕망은 삶의 중요한 동기부여로서 역할이 있다. 이 욕망(욕구)을 충족시키기 위해 생각하고 계획하며 행동에 옮겨 결국 내가 원하는 것을 성취할 수 있게 한다. 개인적 차원에서는 전혀 문제 될 것이 없어 보인다. 하지만 나만이 존재할 때는 욕망이 생기지 않는다. 타인이 존재하고 내가 가지고 있는 것과 상대방이 소유한 것의 차이를 느낄 때 욕망이 발생한다. 예를 들면 산골짜기에서 자란 어린아이는 주변 환경에 만족하며 그것이 세상의 전부인 줄 알고 살아가게 된다. 하지만 성장하여 학교에 들어가고 도시에서 성장한 아이들과 함께 생활하게 되면 지금껏 자신이 살아왔던 세계가 아주 작고 제한적인 삶의 환경임을 깨닫게 되고, 나는 왜 도시 아이들과 같지 않을까 생각하게 되며 그들이 가진 것을 갖고 싶다는 욕구가 만들어진다. 그래서 부모님을 졸라 결국 다른 아이들과 같은 물건을 소유하려 든다. 한편으로 보면 제한된 환경에서 성장한 아이들이 욕망이란 것을 통해 본인의 제한된 삶의 환경을 벗어나는 것이다. 한평생 시골에서만 자란 사람은 바깥세상에 대해 아무런 욕망이 없다. 왜냐하면 그의 세계는 시골이라는 작은 공간에 한정되어 있기 때문이다. 하지만 시골 아이가 도시 환경과 접촉하였을 때 새로운 환경과 연결되어 그 환경 속에 존재하고자 하는 욕구를 만들어 내게 되고, 그 결과로 시골에서 벗어나기 위한 노력을 기울여 도시에 정착할 수 있게 된다. 이게 바로 욕망의 순기능이다. 인간의 생활을 확장하고 능력을 개발하게 한다.

문제는 욕망의 역기능이다. 개인으로서의 욕망은 스스로를 성장시키는 데 도움을 주지만 욕망은 상대적인 환경 속에서 발생한다. 남이 존재하고 그와 차별되는 조건을 발견하였을 때 그 차별을 불편해하고 그와 같아지기 위해 노력을 한다. 여기까지는 좋다. 그러나 욕망은 단지 같아지는 것을 넘어서 더 나은 조건들을 가지기 위해 인간들을 몰아붙인다. 이것이 문제다. 이미 삶을 편안하게 유지하기 위한 조건을 갖추었음에도 남들보다 더 나아지기 위해 계속 나아가다 보니 삶이 경직되고 시야는 좁아져 자신과 주변이 눈에 들어오지 않게 되고 결국 폭주 기관차처럼 돌진하다 기운이 다하여 고꾸라지게 된다.

이러한 상황은 사회 전반 그리고 종교, 국가 간에도 벌어지게 된다. 현재 우리가 경험하고 있는 세계적인 혼란함(전쟁, 자연재해, 기아, 난민 문제 등)은 바로 이러한 욕망의 논리가 지배한다.

그럼 욕망의 역기능을 조절할 수는 없는 것인가? 아니다. 분명히 조절 가능하고 이미 인간의 역사 속에 많은 위대한 존재들이 그 방법을 알려주었다. 하지만 인간 의식 깊숙이 뿌리내린 욕망의 습관이 너무나도 강력하여 번번이 잊혀지고 그저 하나의 정보로서만 존재하고 있다.

물론 위대한 존재들의 노력이 헛된 것은 아니어서 조금씩 인간의 의식을 바꾸어 나가고 있다.

하지만 이제 시간이 너무 없다. 그동안 인간의 욕망들이 생산해 낸 독극물과 오염물이 세상을 뒤덮어 지구 자체도 힘겨워하며, 자연재해를 통해 인간의 오염물을 털어 버리려 하고 있다. 인간문명 스스로도 자기 파괴 프로그램(전쟁, 이기적인 무역 등)으로 정화의 길로 들어서고 있다. 인간의 눈으로 보면 비극적이고 인간문명 최후처럼 보일 것이나 이 또한 지구의 자정 작용이며 인간 문명 자체의 변화를 위한 희생이다.

욕망은 조절이 가능한가?

　욕망은 우리의 근본 생존의식과 밀접한 관계를 맺고 있다. 욕망이 존재하지 않는다면 인간은 살아남지 못할 것이다. 배고픔과 편안함을 위해 먹을 것을 채집하고 저장하며 편히 쉴 곳을 마련하는 것은 예전 석기시대부터 현재 사회까지 동일하게 작동하고 있다. 그렇다면 석기시대와 현대의 차이점은 무엇인가? 과거에는 살아남기가 참 힘들었다. 거친 자연환경에서 음식을 채집하는 과정은 일일이 인간의 손을 거쳐야만 했다. 현대는 이러한 수고로움이 기계나 과학의 도움으로 한층 쉬워졌다. 그리고 조금만 노력한다면 누구나 원하는 것을 손쉽게 얻을 수 있는 여건이 되었다. 하지만 인간의 욕망은 더 커졌고 남들보다 나아야만 한다는 강박에 싸여 있다. 그러다 보니 과거 석기시대보다 더 치열하고 차가운 인간관계가 형성되었다. 자신의 이익(욕망)을 위해서 남들의 고통이나 곤란함은 아무렇지도 않게 무시해 버리는 서로 간에 크나큰 벽이 생겼다. 이 문제는 개개인뿐만 아니라 가족 그리고 사회(문화, 종교 등) 더 나아가 국가 간에도 적용되어 모든 문제의 근원이 되고 있다.

　왜 이런 상황이 벌어졌을까? 세상의 자원은 인간 전체가 다 쓰고도 남는데….

　바로 나만 그리고 내 가족만, 내 종교만, 내 나라만 좋은 것을 입고 맛있는 걸 먹고 편안해야 한다는 생각과 욕망의 논리가 존재하기 때문이다. 참 어처구니없는 것이 남들보다 더 잘 입고 먹고 편안하기 위해서는 끝없이 남들과 경쟁하고 스스로를 몰아붙여야 하는데... 결국 그리고 자신이 성취한 것을 즐기지도 못하고 상황에 중독되어 삶을 소비하는 것이다.

문제는 세상의 교육이 남들보다 더 쉽게 성공하고 정당한 대가 없이 편법으로 얻어내는 방법을 가르친다는 것이다. 아니 가정에서부터 이러한 행태에 익숙해져 있다 보니 자연스레 사회에 나와서도 함께 성취하는 것보다 오직 나만 생각하고, 세상은 나를 위해 존재해야 한다는 집단의식 속에 스스로를 밀어 놓고 그 속에서 허우적대고 있다.

함께 다 잘 살아가자는 논리는 이제 찾아보기 힘들다. 책 속에 그리고 우리의 대화 속에서도 어떻게 하면 내가 남들보다 더 잘 살 수 있을까 뿐이다.

이제는 우리 스스로 판단해야 하는 시기가 되었다. 계속 자신만을 위한 삶을 추구하며 이전투구하고 끝없는 투쟁 속에 자멸해가느냐? 아니면 각자의 개별성을 인정하며 함께 존재할 수 있는 가능성을 찾아 편안한 미래를 만들어 가느냐?

그럼 어떻게 인간의 역사 이래로 계속되어 왔던 "극단적인 개인주의"에서 벗어나 전체가 함께 꾸려갈 수 있는 사회를 만들 것인가?

이 문제는 어쩌면 인간의 숙명과도 같은 질문이었다. 살아남기 위해서 남들과의 경쟁에서 이겨야 했고 그 습관이 온 삶을 지배하다 보니 "남들보다 더 나은 삶"이 정당화되었고 문화로서 그리고 국가 운영 논리로서 아직까지도 사용되고 있는 것이다.

하지만 욕망에 근거한 인간의 습관(행태)들이 많은 문제를 야기하고 삶을 힘들게 한다는 것을 알고 있으면서도 그만둘 수 없는 것은 다른 대안이 없다고 느끼기 때문이다.

이 문제에 접근하는 방법을 달리해 볼 필요가 있다. 앞에서 서술한 바와 같이 인간의 욕망은 인간을 생존하게 하고 발전시키는 아주 중요한 요소로 작용해 왔다. 하지만 이제 욕망의 순기능이 전체 사회 그리고 개개인을 망치는 역기능으로 작용하고 있다.

여기서 작은 인간의 시각이 아닌 인류 전체의 성장의 과정을 바라볼 수 있는 "우주의식"으로 바라봐야 한다. 우주의식은, 인간 의식이 "생존"이라는 주제를 넘어서 지구 전체를 아우르는 의식으로 바뀌어야 한다는 말이다.

인간의 문명은 지구를 넘어서 우주를 향해 우주선과 각종 탐사장비를 통해 나아가고 있다. 우주는 새로운 세계이며 어쩌면 지구와는 전혀 다른 생각과 감정으로 이해해야 하는 세계이다. 아니 다른 차원의 원리가 존재하는 세계이다.

지구에서의 욕망에 근거한 논리가 아닌 "함께 어우러질 수 있는" 논리가 필요하다. 따라서 우리는 지극히 "나 만을 위한, 내가 먼저인 세상"에서 벗어나야 한다.

안타깝게도 세상과 시간은 인간에게 변화를 요구하고 있다. 이러한 요구는 말뿐만이 아닌 바뀌지 않으면 "파멸"이라는 너무나도 분명한 메시지이다.

각종 자연재해 그리고 인간 자체 내에서의 전쟁과 갈등들… 이 모든 것이 가리키는 방향은 한 가지이다. 바뀌어라.

서로 어느 정도 공감은 하고 있지만 문제는 현재 본인이 가지고 있는 것들을 잃어버릴 두려움과 어떻게 바꿔야 하는지 방법을 모른다는 것이다.

행복이란?

세상이라는 공간 속에서

그리고 삶이라는 여정 속에서

나는 과연 얼마나 행복한가를 자문해 본다.

하지만 뜻밖에도 난 무엇이 행복인지 가름이 서질 않는다.

때때로 난 스스로 행복하다고 생각해 왔다.

이 순가 행복을 느끼려 해보았으나 마치 허공에서 무지개를 잡는 듯하다.

대신 내가 이룬 성취들의 허상만이 나열될 뿐이었다.

그리고 공허함만이 밀려올 뿐이었다.

내가 지금껏 이루었던 것들이 나를 행복하게 하였는가? 라는 질문만이 맴돌 뿐….

고요히 나를 가라앉히고 바라보았다.

과거로부터 현재까지 나의 삶이 어떠하였는지를.

때론 기뻤던 때도 있었고 힘들었던 때도 있었던 것 같다.

하지만 대부분의 시간을 소위 말하는 행복해지기 위한 조건을 찾아 바둥거렸다.

순간순간 조건을 이루었을 때의 달콤함은 내가 행복하다고 망각하게 만들었다.

순간의 즐거움이 나를 더더욱 조건을 이루기 위해 거세게 몰아댔던 것 같다.

그 결과 나는 과연 진정한 행복이 무엇인가를 잊어버렸다.

오로지 소위 말하는 행복의 조건들에 중독되어 버렸다.

세상이 얘기하는 행복의 조건들이 나에게 하나둘 충족이 되었으나

난 여전히 행복해지기 위해 허덕이고 있었다.

순간순간 "이건 아닌데"라는 느낌이 들었으나 특별한 대안을 찾지 못하고

남들과 같이 조건을 충족시키기 위해 죽을 둥 살 둥 발버둥 쳐댔던 것이다.

때론 주변을 탓하기도 했고 왜 나에게 어떻게 행복해지는지 알려줄 사람들이

없었을까라는 푸념을 늘어놓기도 하였다.

물론 세상의 환경이 행복이라는 존재를 느낄 수 있게 하기보다는 단지 행복의

조건만을 중요시하여 사람들을 교육시키고 몰아대는 것도 어느 정도 사실이다.

하지만 놀라운 사실은 내가 진정 행복해지길 선택하지 않았다는 사실이다.

어쩌면 어느덧 우리 인간은 행복의 본질은 잃어버리고 그저 외부로부터의 조건

만을 충족시키는 행태에 익숙해진 것이다.

순간순간의 조건이 주는 쾌락에 빠져 더 큰 더 많은 조건을 충족시키느라 우리
의 인생을 소비하고 있는 것이다.

이제는 우리의 의식 안에 깊숙이 습관화되어 마약 중독과 같은 금단 현상을 경
험하고 있는 것이다.

진정한 즐거움은 중독으로 인한 금단 현상을 보이지 않으며 항상 우리의 내면
에서 우리의 삶을 활기차며 행복하게 만들어 준다.
마치 뇌 안에서 생성되는 엔돌핀이 몸 밖에서 유입되는 마약의 금단 현상과 같
은 부작용이 없듯이.

이제는 나에게 행복으로의 새로운 습관이 필요한 시기이다.
물론 새로운 습관이 내 안에 뿌리를 내리려면 시간과 집중이 필요하지만
이제 나에게는 너무나도 명확한 이유가 있다.
진정 행복 속에 머물며 나에게 주어진 삶을 즐겁게 영위하길 원하기 때문에.
때때로 삶이 나를 속일지라도 웃음 지으며 앞으로 나아갈 수 있게 되리라.

이제 난 내 스스로 행복을 느끼며 창조해 내는 행복발전소로서의 삶을 살아간다.
나의 행복이 커지면 주변에게도 나눌 수 있게 되겠지.
이제는 바뀌어야 한다.

우리의 감각은 외부 환경을 인식하고 반응하기 위해 존재한다. 이러한 감각을 통해 모인 정보는 나중의 동일한 상황을 대비하여 우리 의식 속에 기록되고 저장된다.

그렇다면 이러한 감각이 왜 필요하며 내 안의 무엇을 위해 존재하는가? 참 생경한 질문이지만 지금 이 순간 꼭 필요한 질문이다. 왜냐하면 현재 인간은 외부 상황을 인식하고 반응하는 단계에 머물러 더 나은 감각을 삶의 목적이라 생각하고, 더 나은 감각과 반응하는 외부 환경에 집착하기 때문이다. 그래서 더 좋은 색깔, 듣기 좋은 소리, 향기로운 냄새, 달콤한 맛, 부드러운 촉감 등을 찾아 삶의 모든 것을 쓰고 있다.

이러다 보니 제한된 자원과 환경을 두고 작게는 개개인이, 크게는 국가나 조직이 더 나은 조건을 갖기 위해 속이고 싸우는 작금의 상황이 벌어지고 있다.

과연 세상은 남들보다 더 많이 그리고 더 나은 조건을 차지하기 위해 존재하는 것인가?

나는 이러한 감각을 충족하기 위해 세상에 태어난 것인가? 그렇다기엔 무언가 아쉽기도 하고 허무하다. 금방 사라져 버리는 물질을 소유하기 위해 순간순간을 써 버리는, 그리고 조건을 성취한 순간의 달콤함만을 위해 한순간도 편치 않은 삶을 사는 건 아닌 것 같다. 그럼 왜 우리는 감각을 통해 세상과 교류하고 경험을 쌓는 것일까?

우리는 우리 안에 어떠한 것이 존재하는지 따져볼 필요가 있다.

 제3의 경계

우리 안에는 순간순간의 경험을 통해 만들어진 느낌들이 존재한다. 그 느낌은 과거부터 하나의 방향성을 가지고 계속되어 왔다. 이 패턴은 나만이 가진 독특한 성품이며 이 성품은 외부 환경의 영향으로 발전되어 왔다. 이 성품과 감각이 상호 보완적으로 서로 균형을 이룰 때 편안함과 행복감을 느끼게 된다. 이러한 수준의 즐거움과 편안함은 쉽게 얻을 수 있는 것이 아니고 특히 감각을 제대로 통제할 수 있을 때에만 가능하다.

외부 환경으로부터 얻는 순간의 성취감과 쾌락을 경험하며 인간은 더 큰 즐거움과 쾌락을 계속 찾는다. 이 여정의 끝은 "외부로부터 얻는 즐거움과 쾌락의 한계가 있음을 스스로 깨달을 때"까지 이어진다. 그리고 외부의 즐거움과 쾌락을 찾는 노력을 내려놓았을 때 비로소 내면에 존재하는 진정한 편안함과 행복을 느낄 수 있다. 하지만 즐거움과 쾌락을 놓기가 여간 어려운 것이 아니다. 내려놓게 되면 "즐거움을 영원히 잃어버릴 것 같은 두려움"과 "내려놓고 나면 뭐 하지?"라는 막연함이 함께 하게 된다.

그렇지만 그동안 경험하고 성취하였던 능력은 내 안에 존재하기에, 내가 외부의 조건적인 즐거움과 쾌락을 내려놓는다 하더라도 원한다면 그러한 즐거움과 쾌락을 언제든 다시 경험할 수 있다. 이 부분을 잘 살펴 스스로를 다스려야 한다.

지금껏 세상의 논리가 외부의 조건적인 즐거움을 얻기 위한 것이었기에 인간은 제한된 여건 속에서 서로 경쟁하며 나만의 즐거움을 쫓아왔다. 그 결과 세상은 더 각박해졌으며 우리가 가지고 있던 물질과 환경은 부족해지기 시작했다. 빈익빈 부익부 그리고 여러 가지 불평등이 세상을 지배하였으며 이로 인해 전쟁과 자연재해 등으로 세상은 이제 살기 힘든 지경이 되어 가고 있다. 과연 이것이 우리가 살고자 했던 삶이었던가?

이제는 서로가 각자의 발전은 존중하되 함께 발전하고 성장하는 방법을 찾아야만 한다.

이대로 가면 우리가 살고 있는 이 세상은 자멸하게 될 것이다. 인간이 스스로를 파괴하는 "자기 파괴 프로그램" 속으로 끌려가게 될 것이다. 순간의 즐거움을 위해 이전투구하는 것이 아닌 각자에게 존재하는 즐거움을 찾아 균형 잡힌 삶을 살기 위한 방편이 필요하다.

이를 위해서 우리는 먼저 스스로를 돌아볼 준비를 해야 한다.

현재의 나는 외부 상황에 반응하며 나만의 이익을 좇는 습관에 길들여져 있다. 태어날 때부터 학습된 생존에 대한 강한 욕구로 나도 모르는 사이 살아남기 위한 습관이 반응하는 것이다.

우리는 이미 생존에 필요한 모든 능력과 자원들을 확보하고 있다. 하지만 과거부터 계속되어 온 생존에 대한 습관이 우리의 의식을 강력하게 통제하고 있다. 그래서 생존에 충분한 것을 가지고 있는데도 계속 남보다 더 강력한 무언가를 찾아 헤맨다.

이러한 행태가 서로를 잠재적인 적으로 여기게 하고 상황을 통제하려 하

 제3의 경계

여 우리의 모든 에너지를 소모케 하고 자멸하게 만드는 것이다. 우리는 이미 그 자멸의 구렁텅이로 좀비처럼 걸어 들어가는 스스로의 모습을 보고 있지만 어찌 나만은 괜찮겠지 하는 또 다른 욕심으로 계속 같은 행태를 되풀이하고 있다.

하지만 상황은 정말 녹록지 않다. 자연으로부터의 경고가 계속 심해지고 있으며 인간의 자기 파괴 프로그램도 정도가 심상치 않다.

느껴야 한다. 이대로 가면 모두 파멸이라는 정말 모두는 파멸이다는 사실을 피부로 느껴야 한다.

그리고 지금껏 해왔던 행태를 멈추어야 한다.

나부터 멈추고 나부터 내가 가진 조건과 나만의 편안함에 만족해야 한다.

지금껏 우리는 멈추면 파멸한다는 우스꽝스러운 자기 최면에 빠져 있었다. 사회 전체가 내가 멈추면 남들보다 뒤처지고 불행해진다는 최면 속에 빠져 있는 것이다. 그래서 멈추는 것을 두려워하고 계속 달려가고 있다.

하지만 종종 주변에서 원치 않는 상황(질병, 사고 등)으로 어쩔 수 없이 광란의 질주를 멈추고 삶의 변화를 경험한 사람들을 볼 수 있다. 어떻게 이 사람들은 자신이 원하지 않는 상황으로 멈추었는데도 오히려 삶이 변화할 수 있었을까? 멈춘 후 사람들은 전혀 다른 삶을 살게 되고 스스로를 되돌아보며 편안한 삶을 살고 있다. 만약 우리가 사고나 질병 없이 스스로 광란의 질주를 멈출 수 있다면 스스로를 파괴시키는 혼란함에서 벗어날 수 있지 않을까?

그렇다. 먼저 남들과의 투쟁과 갈등에 소모하였던 에너지를 보존할 수 있게 될 것이며 그로 인해 피폐해진 삶의 질도 바뀔 것이다. 자연스럽게 조건적이며 가식적이었던 즐거움에서 벗어나 진정한 나만의 편안함을 느끼게 될 것이다.

이미 내 안에 편안할 수 있는 모든 것들이 구비되어 있는데 아직 발견하지 못하고 있는 것은 아닌가 다시 생각해 봐야 한다.

내 안의 진정한 편안함, 그리고 나를 살리고 남들과도 편안하게 지낼 수 있는 실마리를 찾기 위해서 일단 현재의 혼란한 습관을 멈추고 스스로를 돌아볼 준비를 해야 한다.

내 안의 세계란?

은연중에 우리는 내적인 편안함 그리고 내적인 만족감 등 "내"라는 안쪽을 의미하는 용어를 자주 사용한다.

확실한 실체를 모르지만 이 용어에 나도 모르게 익숙해져 있다. 과연 나의 안과 밖은 어떤 것일까?

나의 밖, 즉 바깥 환경은 항상 우리가 오감을 통해 느끼고 함께 생활하고 있다.

흐르는 시간과 변화하는 조건을 느끼며 그에 맞추어 순간순간을 살아간다.

그러면 그 순간들의 경험은 어디로 가며 어떻게 저장되는 것일까? 보이는 경험이 어느 보이지 않는 곳에 기록 및 저장되는 데는 어디일까?

우리의 두뇌에 저장이 된다고들 하는데 사실 물질로서의 두뇌를 아무리 뒤져봐도 과거의 경험과 기록은 찾아볼 수 없다. 그런데 나는 과거를 기억하고 그 기억에 영향을 받으면서 현재를 살아가고 미래의 결정에 영향을 미친다.

어쩌면 우리의 삶은 보이는 세상에서 경험한 정보 혹은 기억을 다른 차원에 존재하는 나만의 세계로 보내 저장하고, 삶에 필요한 내용은 재사용되는 것은 아닐까?

내 안이라 함은 육신 내부의 장기만을 뜻하는 것이 아닌 "현재 존재하는 육체적인 나와 함께 존재하는 다른 차원의 나의 존재"를 뜻하는 것은 아닐까?

인간 의식이 보고 느낄 수 있는 외부 인식에 초점 맞추어서 있나 보니 그 외부 환경과 반응하는 나의 감정과 느낌을 무시하는 것은 아닐까?

만약 보이는 세상의 존재들이 언제나 내게 바른 환경과 조건을 충족시켜 주고 나를 편안하게 한다면, 우리는 더이상 편안해지고, 행복해지기 위한 노력을 하지 않아도 된다. 하지만 현실은 그와 같지 않다.

아무리 풍족한 재화를 갖고 있더라도 우리는 힘들어한다. 무엇인가 부족하다.

뭘 먹어도 먹은 것 같지 않고 좋은 옷을 입어도 좋아 보이지 않는다. 왜 그럴까?

우리가 놓치고 있는 무언가가 있다. 왜 옛사람들은 속이 편안해야 행복하다 했을까? 내 안의 평화가 있어야 모든 것이 편안해진다 했을까? 현대인들이 놓치며 살고 있는 중요한 요소가 있지 않을까? 이제는 한번 진정성 있게 탐구해 볼 차례이다. 만약에 우리 내면이 존재하고 그 안에 우리를 편안하게 하고 행복하게 할 수 있는 것이 존재한다면 구태여 밖에서 다투어 가며 더 나은 조건을 쟁취하기 위해 서로를 갉아먹는 행태를 멈출 수 있을 것이다.

우리가 은연중에 사용하고 있는 "내 안의 평화" 그리고 "속이 편해야 삶이 편안하다"와 같은 말은 분명히 육체적인 속이 아닌 다른 차원의 내면이 존재한다는 것을 의미한다.

과거에는 옛사람들이 생활 속에서 그 의미를 느끼며 사용했기에 그 말이 존재하는 것이다.

복잡한 차원의 얘기보다는 현실적인 얘기를 통해 "내면"을 풀어가 보자.

먼저 우리는 순간순간 오감을 통해 많은 경험을 한다. 경험의 대부분은 잊혀진다. 하지만 무엇인가 강렬했던 경험, 예를 들면 위험했던 상황과 관련된 인물, 그리고 나를 놀라게 했던 상황은 쉽게 잊히지 않고 오랫동안 기

제3의 경계

억에 남는다. 이 기억은 어디에 남아서 나에게 계속 영향을 끼치게 되는가? 쉽게 그곳을 우리의 내면이라 정의하자. 보이지 않으나 내가 느끼고 기억을 저장하는 그 곳.

누구나 이곳을 느끼고 있지만 막상 드러내기에는 불편하고 어렵다. 보이지 않기에 존재한다는 것을 증명하기는 쉽지 않지만 우리 인생의 방향성을 정하는 데 아주 중요한 역할을 한다. 내면의 세계는 한순간에 이루어진 것이 아니다. 출생 이후부터 부모의 영향 그리고 주변 환경, 친구 그리고 사회생활을 통해 경험하고 익숙해진 패턴이다. 때론 내 몸이 늙어가고 약해지는 게 보이는데, 내 마음과 감정은 예전과 같다고 느낄 때가 있다.

삶의 시간과 환경이 바뀌어도 나의 내면에 존재하는 또 다른 나는 전혀 바뀌지 않고 외부 상황과 반응하는 것이다. 내면의 성향은 하나의 틀을 만들고 그 속에 존재하며 그 틀을 편안하다 느낀다. 하지만 그 틀이 만들어질 때의 상황과 현재 나의 상황 사이에 서로 괴리가 발생하면, 예를 들어 "과거 힘든 경험 속에서 절약해야 살아 남는다"라는 틀을 만든 사람은 이후에 성공하여 경제적으로 충분한 여유가 있음에도 과거에 만들어진 틀의 영향으로 현재의 편안한 삶의 조건들을 즐기지 못한다. 누구나 이러한 괴리를 느끼지만 어떻게 풀어 나가야 하는지 모른 채 과거의 틀 속에 갇혀 불편하게 살아가는 것이다.

따지고 보면 인간 내면에 존재하는 틀은 과거에는 자신을 성장시키고 삶을 확장하는 데 도움을 주었다. 하지만 본인이 원하는 성취를 이룬 뒤에는 오히려 그 틀에 갇혀 제대로 성취한 바를 누리지 못한 채 과거의 틀이 종용하는 대로 불편한 삶을 계속 해 나가는 것이다. 사회도 마찬가지이다. 과거에 만들어진 규범이나 틀이 아직까지도 현대사회에서 통용되는 것은, 인간이 그 틀에 안주하고 있으며 거기서 벗어나는 것을 두려워하기 때문이다. 그래서 서로 이해하고 상생할 수 있는 모든 조건들을 이미 성취했음에도 과거의 틀이 부딪히며 투쟁하는 것이다. 종교와 종교 그리고 국가와 국가, 인종과 인종 등 각각의 틀이 상쟁하고 있다. 안타깝게도 이 틀은 각자가 틀의 위험성과 무용함을 깨닫지 않으면 깨지지 않는다. 그래서 "자기 파괴 프로그램"에 의해서 서로 충돌하며 그 틀을 깨고 있는 것이다. 자기 파괴 프로그램이 세상 전부를 파괴하는 것처럼 보이나 사실은 인간사회 자체의 자정 프로그램으로 인간이 스스로 깨닫게 하는 과정이다. 깨지고 나면 스스로를 보게 될 것이고 무엇이 인간에게 필요한지 알아차리게 될 것이다.

신으로부터의 선물

신을 믿기 위한 여정은 끝이 없었다.

때론 뭔가 아닌 것 같음에도 다른 대안이 없어 그저 다른 이들이 하는 대로 흘러갔다.

가슴속 깊은 곳에서 이건 아니다 라는 외침에 뛰쳐나와 스스로의 길을 찾았다.

인간으로서 최고의 자리에 이르기 위하여 이곳저곳 기웃거리며 방법을 찾아다녔다.

어떤 때에는 힘으로 타인들의 위에 군림하기도 하였고 다른 때에는 종교라는 허상으로 타인들을 다스리기도 하였다.

또한 불생불사라는 명제를 쫓아 수많은 생을 산속에서 혹은 동굴 속에서 보내기도 하였다.

하지만 난 아직 여기에 있다.

수많은 경험과 시간 속에서 여전히 이 자리에 있다.

과연 나는 여기에서 벗어나 그 많은 경험 속에서 머물렀던 것일까? 아니면 그저

경험이라는 허상 속에서 허우적대고 있었던 것일까?

이젠 이 자리에 머물러 내 스스로를 바라본다.

과연 그 무엇이 나를 그 혼란의 격정 속으로 몰았던고?

한편으로 난 무엇이 그 격정의 혼란을 창조하였고 사라지게 하였는가?

바라봄에 어느덧 다 내 스스로 창조하고 놓았음을 알게 되었다.

순간 나는 진정 위대한 신이 함께하셨음을 알게 되었다.

지난 여정 속의 혼란함 속에서 나를 기르시고 일깨우며 이 자리에 있음을

깨닫게 하신 것이다.

내 안에 항상 하셨음에도 난 밖에서 신을 찾고자 했으며 타인을 통해 이르고자

하였다.

많고 많은 시행착오와 혼돈 속에서 내 스스로의 삶의 경험을 통하여

서서히 눈이 뜨여지고 마음이 열리기 시작한 것이다.

과거의 모든 행과 습은 다 나를 성장시키며 깨닫게 하기 위함이었더라.

비록 어둠 속에서 헤메일 때에도 기쁨 속에서 허우적댈 때에도 모든 것이

　　　　　　　제3의 경계

다 나를 일깨워 주기 위함이었더라. 하지만 머리로는 이를 수 없었다.

내가 만든 행과 습은 오로지 나의 닦음으로만 지워지기에…

난 이제 내 안의 신과 함께 한다.

그리고 신께서 주신 선물인 나를 통해 신께 다가간다.

신께서는 신의 위대한 능력을 내 안에 감춰 놓으셨다.

그러하였기에 수많은 생을 통하여 내 스스로 삶을 창조하였고 부숴버렸다.

이러한 능력은 바로 신께서 주신 능력이다.

나뿐만이 아닌 인간 누구에나 이 거룩한 선물이 감춰져 있다.

위대하신 신은 우리를 통제하려 하지 않으시고 우리 스스로 우리 안의 감춰진

신의 선물을 통해 신께 다가갈 수 있도록 기회를 주셨다.

이것이 내가 사는 방식이다. 그리고 내가 살아갈 방향이다.

진정한 신의 의식이 나를 통하여 발현되길 바라며 그렇게 오늘도 살아간다.

위대한 그리고 자애로우신 신의 자비와 사랑에 감사드린다.

스스로 틀을 깰 수 있을까?

그렇다면 인간은 다가오는 파멸을 바라봐야만 하는 것일까? 아니면 스스로 현 상황을 변화시킬 수 있는 대책을 찾을 수는 있을까? 냉정히 따져보면 각자가 자신의 틀을 자각하고 그 틀로부터 벗어나기 위한 노력을 하기 전까지는 어렵다.

틀을 자신을 보호하는 성벽으로 느끼는 대다수의 사람은 그 틀에서 벗어나기 어려울 것이다. 그러하기에 각자의 틀이 자신인 줄 착각하여 그 틀들이 이끄는 대로 서로 충돌하고 파괴하는 행위(매점매석, 전쟁, 독점, 부의 편중, 폭동 등)가 옳은 줄 알고 계속 해 나가는 것이다.

안타깝지만 이러한 상황은 계속될 것이다. 그리고 더더욱 악화될 것이다. 인간 스스로 자신들이 처한 곤란한 상황을 몸으로 그리고 삶으로 느끼며 고통의 원인이 지금껏 자신을 지켜주는 것이라 믿고 있었던 잘못된 지식과 경험(틀, 에고)이었다는 사실을 깨닫기 전에는 결코 멈추지 않을 것이다.

어찌 보면 현재 인간이 경험하고 있는 혼란과 괴로움은 과거의 틀로부터 인간을 해방시켜 주는 필요악일 것이다. 안타깝게도 인간은 고통을 어떻게든 피하려 할 뿐 그 고통의 원인을 알아보려 하지 않는다. 사실 어떻게 해야 하는지 모르고 있다.

언젠가 이러한 곤란함에 지쳐 스스로 잡고 있던 틀을 포기하고 내려 놓을 때 그 틀의 진면목이 드러날 것이다. 무지개와 같은 허상을 잡으려 했던 자신을 깨닫게 될 것이며 그때 스스로를 돌볼 수 있게 될 것이고 남들 또한 자신과 같이 중요한 존재임을 자각하고 서로 상생하며 공존하는 길로 나아가게 될 것이다.

내 생각, 내 감정 그리고 욕망에 빠져 있을 때에는 스스로를 보지 못한다. 모든 것을 내 생각과 감정 그리고 욕망을 통해서만 보고 느낄 뿐이다. 누구나 이러한 틀이 자신이라 믿고 있다. 그래서 이 틀을 깨기란 어쩌면 불가능하다. 왜냐하면 틀을 깨는 것과 자신을 깨는 것을 동일시하기 때문이다. 틀이 자신이 아니라는 사실을 알아차린다면 구태여 이러한 틀을 깨려 노력할 필요가 없어진다.

여기서 다른 차원의 접근 방법이 필요하다. 지금껏 우리에게 힘과 능력을 키워 주었고 삶의 편안함을 제공하였던 틀이 이제는 왜 나의 삶을 제한하고 힘들게 하는지 한번 진정성 있게 따져 보아야 한다.

그러기 위해 자신의 삶을 관찰자 시선에서 살펴보아야 한다.

어떻게 나를 바라봐야 할까?

인간은 태어나고 자라며 주어진 교육을 통해 세상을 살아가는 방법을 익히고, 그렇게 자신이 기억하고 경험한 삶의 테두리 안에서 살아가고 있다. 주어진 환경이 자신의 운명이라 여기며 하루하루의 변화에 기뻐하고 슬퍼

하며 때론 신세를 한탄하고 순간의 즐거움을 붙잡으려 숨차게 살아간다. 어느 한순간도 편안하다 느낄 겨를 없이 그저 달려갈 뿐이다.

이러한 삶을 대체 누가 나에게 부여한 것인가? 한순간도 안심할 수 없이 의식주를 해결하기 위해 정신없이 내달리는 삶을 왜 살고 있는 것일까? 내가 전생에 지은 죄가 많아 그 죄를 갚기 위해 힘든 삶을 살아야 하나 등 생각이 많아진다.

그런데 만일 정신없이 내달리는 불편함이 "내가 선택한 삶"이라면 어떠할까?

거의 모든 사람들은 그 사실을 부정하려 하거나 그 말에 성을 낼 것이다. "어떤 미친 놈이 스스로를 힘들게 하는 결정을 내려 고통 속에 살게 하느냐"며 역정을 낼 것이다.

다 이해가 되는 말이다.

잠시 숨을 고르며 생각을 해보자. 이 세상은 절로 주어지는 것이 없다. 아무리 잘난 부모를 만나 풍족한 생활을 한다 하더라도 세상을 살아내기 위해서는 먼저 몸을 움직여야만 한다. 먹기 위해 혹은 본인이 좋아하는 것을 얻기 위해 몸을 움직이고 원하는 것을 얻기 위해 힘을 써야 한다. 이 모든 것이 힘듦이고 고통이다.

이것이 세상의 원칙이다. 어쨌든 우리는 이러한 환경 속에 자리하고 있으며 순간순간을 살아내야 한다.

그럼 이런 생각이 든다. "왜 이렇게 힘들고 매 순간 움직여 내가 원하는 것을 찾아야만 하는 세상에 태어났을까?” 아주 좋은 생각이다. 하지만 이러한 생각에 빠져 있기에는 현재 우리의 삶을 둘러싼 상황이 너무 안 좋다.

먼저 이 상황 속에서 스스로 생존할 수 있는 능력을 쌓아야 한다. 먹고 살 능력도 없고 주변의 도움도 기대할 수 없는 상황 속에서 마냥 이러한 생각 속에 빠져 있는 것은 스스로를 망치는 지름길이다. 이것은 답을 찾기보다는 아무것도 하지 않고 편하게 원하는 것을 얻고자 하는 욕심이다. 누구나 이러한 욕심이 존재한다. 어쩌면 우리는 이러한 욕심을 가지고 이 세상에 왔는지 모른다. 그런데 세상은 나를 이 욕심으로부터 벗어나게끔 채찍질한다. 배가 고파서 그리고 잘 곳을 찾기 위해서, 원하는 것을 소유하기 위해서 인간은 몸을 움직이고 생각을 한다. 그 결과 인간은 생존에 필요한 물질문명을 만들었다. 개개인도 어느정도 노력을 통해 생존에 필요한 환경을 성취하게 되었다. 이제 먹고 자는 문제가 해결이 되었으니 “내가 왜 이러한 힘든 삶의 여건을 택하여 여기에 존재하는가?” 따져 볼 때이다.

그러나 인간은 그 생각을 잊은 지 오래다. 살기 위해 해왔던 행동과 습관에 익숙해져 그러한 삶이 자신인 줄 알고 살아간다.

참 어렵고 복잡하다. 순간의 즐거움을 위해, 한정된 조건을 붙잡기 위해 힘들어하고 찰나의 쾌락을 위해 발버둥 치는 것이 현재의 모습이 아닌가? 그러다 보니 각자의 욕망이 서로 충돌하여 제한된 자원을 차지하기 위해 주변과 타인을 돌아보지 않고 싸우는 형태이다. 이러한 삶이 우리의 목적인가? 참 비참하고 슬프다. 어쩌면 외부에서 보기에는 참 힘들고 고통스러운 순간을 위해 그리고 그 속의 찰나의 달콤한 순간을 위해 사는 것처럼 보인다.

하지만 이것만이 삶의 전부는 아니다. 외부에 비춰지는 고통스러운 모습은 우리 스스로가 결정한 삶의 목표를 완성해 가는 위대한 과정 중에 발생된 부산물일 뿐이다. 그리고 이러한 과정은 다람쥐 쳇바퀴처럼 반복되는 삶을 피하지 않고 받아들일 때 비로소 멈출 수 있고 그 과정의 의미가 드러난다.

어려서부터 가난하고 힘이 없는 집안에서 태어나 항상 먹고 사는 문제에 시달리고, 주변의 멸시를 받아오며 자라온 사람이 있다고 하자. 이 사람은 먹고 살기 위해 남보다 더 일하고 자신을 숙여가며 살아왔을 것이다.

이 사람은 전혀 행복하지 않았고 그저 살아남기 위해 자신의 모든 힘을 써야만 했다. 때론 자신의 처지를 원망하고 왜 잘난 부모를 만나지 못했는지 한탄하기도 했다. 그러나 누구보다 열심히 살아온 덕택에 어느덧 남부럽지 않은 돈을 벌게 되어 물질적으로 편안한 삶을 살게 되었다. 이제는 편안하고 행복을 느껴도 될 만한 상황에 이르렀으나 아직도 마음은 항상 먹고 살기 위해 남보다 더 열심히 일을 해야 하고 돈을 더 벌어야 한다는 강박에 시달리며 여전히 자신의 삶에 불평을 하며 살고 있다. 자, 이제 이 사람의 삶을 살펴보자. 이 사람은 세상에서 잘 살아남기 위한 능력을 기르기 위해 힘든 삶을 택하였을 것이다. 그래서 빈곤한 가정에서 먹고 사는 걱정을 매일 하며 순간순간을 넘기기 위해 최선을 다하였을 것이다. 물론 매 순간이 그에게는 힘듦이고 고통의 연속이었을 것이다. 그 결과 이 사람은 세상에서 살아남는 능력을 얻었고 물질적인 풍요도 얻었다.

그런데 왜 이 사람은 행복해하지 않고 계속 힘들게 사는 것일까? 그것은 이 사람이 자신의 삶을 돌아볼 여유 없이 계속 달려온 결과이다. 그리고 그 습관이 의식 속에 깊숙이 자리하여 남들보다 열심히 살지 않으면 도태된다는 두려움으로 이 사람을 계속 채찍질하였던 것이다. 만일 이 사람이 한번쯤 스스로를 돌아볼 수 있었다면, 자신을 피곤하게 만드는 이 습관을 그만둘 수 있었을 것이다.

자, 이제 각자의 삶을 이 상황과 비교하여 살펴보자.

우리는 누구나 각자만의 이슈로 인해 스스로를 지금 이 순간에도 다그치고 있을 것이다. "왜 난 이것을 못하고 있지?", "내가 못났나?", 아니면 "나는 능력이 부족한가?" 등 현재의 상황을 제대로 느끼지 못한 채 자신의 부족함을 탓하고 있다.

스스로를 자책하고 계속 어떤 방향으로 몰아대는 이러한 상황은 우리 시야를 좁게 하여 제대로 상황 파악을 못하게 하고 실패를 반복하게 한다. 이 말은 스스로를 몰아쳐 왔던 습관이 더 이상 통하지 않는다는 것을 의미한다. 이걸 알아차린 후에는 멈추어야 한다. 그리고 자신의 삶을 돌아봐야 한다. 그때 바로 내가 왜 그렇게 폭주 기관차처럼 달려왔는지 이유를 깨닫게 된다. 이건 개인에게만 적용되지 않는다. 조직과 사회 또한 각각의 틀 속에 갇혀 있다. 그리고 그 틀이 조종하는 대로 서로들 내달리며 부딪히고 상대

조직과 국가를 파괴하는 지경이다. 이것이 바로 앞서 얘기한 "자기 파괴 프로그램"이다. 이 프로그램 속에 존재하는 한 어느 누구도 자신이 이 프로그램 속에 있는지조차 모르며 계속 내달릴 수밖에 없다. 먼저 자신부터 이 프로그램을 멈추어야 한다. 스스로를 멈추고 자신을 살린 후 주변을 살펴야 한다.

멈춤과 바라봄 그리고 알아차림

자신의 문제가 풀리지 않는 상황이 온다면 그것은 분명한 신호이다. 잠시 멈추고 스스로를 되돌아보라는 신호이다. 만약 이 신호를 무시하고 계속 무엇인가를 이루고 현재의 상황을 해결하려 애쓴다면 결국에는 부러지고 말 것이다. 육신의 병을 얻어 어쩔 수 없이 광란의 질주를 멈추거나 예기치 않은 사건 사고에 휘말려 그만두는 경우가 많다.

조금만 주의를 기울여 우리의 삶을 바라본다면 잘못된 느낌과 잘 풀어지고 있는 느낌을 분명히 알아챌 수 있다. 문제가 계속 발생하고 악화되는 상황이 되풀이된다면 잠시 삶의 속도를 줄여 보는 것이 그 문제가 왜 어디서 시작되었는지 알아보는 데 도움이 된다.

어떻게 삶의 질주를 멈출 수 있을 것인가? 어쩌면 대부분의 사람이 한 번쯤은 생각해 보았을 주제이다. 사람은 누구나 문제를 해결하기 위해 애쓴다. 여러 방법을 찾아보고 종교나 명상 등의 방법을 통해 해결책을 찾으려 한다. 하지만 상황은 어떠한가? 어떤 문제에 대해서 얘기하고 길을 제시하는 사람과 정보가 많지만 여전히 우리는 답을 찾지 못하고 헤메이다 결국 "뭐 이게 인생이지"하며 자포자기하며 살아간다.

조금만 더 생각해 보면 현재 나의 삶의 방식이 형성되기까지는 참 많은 세월이 흘렀다. 비록 지금 힘들더라도 기존 삶의 방식을 통해 성취감을 맛보고 현재의 삶을 만들었기 때문에 이에 대한 믿음과 의존이 강하게 자리 잡고 있다. 그렇게 형성된 삶을 하루아침에 바꾼다는 건 너무 우습지 아니한가? 조금의 시간과 노력을 통해 삶 전체를 바꾸려는 것은 손바닥으로 하늘을 가리려 애쓰는 것과 같다.

나의 불편한 삶의 질주를 멈추게 하려면 현재 삶에 대한 충분한 이해가 있어야 한다.

그리고 그 이해를 위해 시간과 노력을 쏟을 준비를 해야 한다. 이제는 상황이 녹록지 않다.

외부 상황이 계속 악화되고 또한 그에 반응하는 내 자신의 스트레스와 부정적인 감정들이 계속 누적되어 간다. 내가 멈추지 않으면 외부 상황이 나를 넘어트릴 것과 같은 상황이다.

지금껏 우리 모두는 불편한 외부 조건을 바꾸기 위해 혹은 피하기 위해 참 부지런히도 살아왔다. 하지만 이제는 누구나 경험을 통하여 알게 되었다. 외부 상황은 바꿀 수 없다는 것을.

이제 다른 차원의 접근 방법이 필요하다.

"주어진 환경을 바꿀 수 없으면 그 환경을 인식하고 반응하는 자신을 바꿔라."

사실 문제는 외부 환경에 있지 않다. 왜냐하면 원래부터 존재한 환경 속에 나는 태어났고 그 속에서 교육받고 성장해 왔다. 외부 환경을 바꾼다는 것은 나를 지금껏 있게 한 근본을 갈아엎는 것이고 부정하는 것이다.

그러나 환경 속에서 변화해 온 내 모습을 잘 살펴본다면 특정 패턴을 알아차릴 수 있다. 그리고 그 패턴이 과거 자신에게 무엇을 성취하게 했으며 그 이후에 자신의 삶을 얼마만큼 제한하고 구속하고 있는지 알 수 있다.

먼저 선행되어야 하는 것은 바꾸고자 하는 마음이다. "그저 한번 해보지"라는 마음으로는 백 번 해 보았자 백 번 다 실패한다.

이제 바꾸고자 하는 마음이 섰으면 그 마음을 바탕으로 자신을 돌아보는 단계이다.

자신을 돌아보는 과정을 통해 외부 상황에 힘들게 반응하는 내부의 감정과 기억(트라우마) 등이 드러나게 된다. 그리고 현재 자신의 처지가 이해가 되기 시작한다.

이를 위해 자서전을 한번 써 보자. 너무나 구태의연한 방법일지도 모르지만 일단 써보면 많은 것을 깨달을 수 있다.

그럼 자서전을 쓰는 이유와 원리를 잘 알아야 한다. 통상 우리는 스스로 자신을 잘 알고 있다고 생각하고 있으나 사실 과거에 경험하였던 일이나 기억을 거의 다 잊고 살아간다. 왜냐하면 우리의 두뇌 구조가 그렇게 똑똑하지 않기 때문이다. 잠깐 생각을 해보자. 만일 출생 이후 지금까지 살아오면서 경험한 일을 다 기억한다고 가정했을 때 과연 우리의 뇌가 버텨 내기는 할까? 아마도 터져 버릴 것이다. 그래서 대부분의 생각과 기억은 잊혀진다고 전문가들이 말하는 것이다. 살아오면서 생존과 관련된 중요한 기억만이 우리의 뇌리 속에 남지만 이마저도 서서히 잊히게 된다. 스스로에게 물어보라 그리고 기억해 보라 "과연 내가 얼마나 나의 과거를 기억하고 있는지."

그러나 작정하고 자신의 과거를 더듬어 내려가 벌어졌던 기억을 손으로 써 본다면 놀랄 만큼 많은 기억이 쏟아져 나오게 된다.

일단 시작했으면 한번 끝까지 잘 적어보라. 현재 삶의 문제가 어디서 시작되었는지 눈치챌 수 있다.

나와 내 인생 연결하기

나는 진정한 참나를 일컬음이고 이 참된 나는 결코 상처 입거나 변색되지 않는 우주의 정수 그 자체이다.

참된 내가 이 지구상에 모습을 드러내 세상을 살아감에 선택한 육신이 있다.

삶은 이 육신과 참된 나의 결합으로 발전 혹은 퇴화되어 간다.

삶의 발전은 참된 나와 육신의 올바른 결합으로 육신의 경험을 통하여 지혜가 쌓여 발전해 가는 것이고 삶의 퇴화는 참된 나를 잊어버리고 육신의 느낌만을 추구하여 참된 나가 육신과 불완전하게 결합되어 더 이상의 발전 없이 시간만을 소진하는 것이다.

참된 나와 육신의 올바른 결합은 우리를 더욱 완전하게 만들어주며 중심 잡힌 삶으로서 참된 진리의 세계를 여는 기본 바탕이 된다. 그러면 어떻게 참된 나와 육신이 제대로 결합할 수 있겠는가?

먼저 나의 보이지 않는 부분인 마음을 내 몸 안에 두는 수련을 해야 할 것이다.

마음은 과거 습관에 따라 이리저리 제멋대로 흘러 다니는 경향이 있다. 그리하여 이 마음의 습관을 잡기 위해서 마음을 몸속 어느 한가운데에 붙잡아 두어야 한다.

인체의 무게 중심에 마음을 두어 이놈의 마음이 길이 들 때까지 붙잡아 두어야 한다.

구태여 의수단전이니 하는 어려운 말을 쓸 필요도 없다.

마음이 길들기 시작하면 벌써 여러분이 경험한 것과 같이 육신과 마음에 많은 변화가 일어난다.

대부분이 이러한 달콤함에 빠져 그저 그러한 느낌을 즐기는 수준에 머무른다.

하지만 수련은 이제부터다.

겨우 씨를 뿌릴 밭을 준비할 정도에 지나지 않는 것이다.

이제 씨를 뿌려 내 육신 깊숙이 참된 나의 기운이 뻗어 내리도록 해야 한다. 기운의 씨앗이 생긴 걸 현관玄關이니 혹은 내단內丹이니 하는 것이라 하여 야단법석을 떠는 것은, 아직 봄인데 결실을 거둔다 소란을 떠는 것과 같다. 씨앗이 뿌리를 내렸으면 온갖 정성으로 가꾸어야 하며 아직 밭에 남아 있는 잡초(업장)들을 보이는 대로 뽑아내야 한다.

씨앗만 뿌려놓고 돌보지도 않고 결실을 보고자 함은 석녀상에게서 자식을 기대하는 것과 같다.

정성스레 밭을 돌보다 보면 때론 힘이 들어 괴로울 때도 있을 것이며 스스로의 성장에 뿌듯한 경우도 있을 것이나 결코 멈추지 말라. 참된 내가 육신 깊이 뿌리를 내려 신성의 빛이 여물 때까지….

스승은 농부와 같으니 여러분을 올바로 인도하고 여러분의 신성의 빛이 여물 때까지 안내하리라.

한여름의 땡볕과 거센 비바람이 과실을 단단하고 알차게 만들듯 수행의 어려움은 여러분을 더더욱 밝고 맑게 만들 것이다.

모르면 물어보고 힘들면 도움을 요청하라.

과거로의 여행

자서전을 통해 자신의 과거를 들여다보는 것은 생각 외로 스스로의 삶에 대해 의미를 찾게 해 주는 중요한 과정이다. 어떠한 문제로 현재 곤란함을 겪고 있는 상황에서 문제의 원인이 외부 환경에 있다고 생각하며 주변 모두를 장애물로 생각하던 고지식하고 이기적인 자신의 시작을 볼 수 있게 해주고, 그러한 모습을 과거의 기억 속에서 발견하게 해주기 때문이다. 그러나 자신의 과거를 짚어 보는 이 과정 속에는 잘잘못을 따지는 어떠한 평가도 없어야 한다. 어떠한 존재도 인간 각자의 행위에 대하여 판단하고 평가할 수 없기 때문이다. 스스로도 마찬가지이다. 과연 어떤 잣대를 들이대 잘잘못을 따질 것인가? 지금까지 우리는 과거 세상에서 그토록 옳다고 믿고 있었던 이념이나 신념들이 시간에 따라 부정되고 변형되어 잊혀지는 것을 봐 왔다.

"잘잘못을 따지는 것이 중요한 것이 아니라 행해진 그 행위가 무엇 때문에 벌어졌는지 알아내 잘못됨을 바로잡는 것이 중요하다." 과거에 존재했던 이념과 신념은 당시 상황에 필요하여 일반 대중에게 받아들여졌을 것이다. 그리고 인간 의식 속에 자리잡아 왔다. 하지만 인간 문명은 계속 발달해 왔다. 특히 과거의 이념과 신념이 현대 사회를 감싸 안기에는 너무나도 부족함을 누구나 느끼고 있다. 기존 사회를 이끌던 엘리트가 독점하던 지식과 정보를 누구나 공유할 수 있게 되면서 개개인은 과거 여러 이념과 신념을 이용한 엘리트의 통제에서 벗어나려 하고 있다.

하지만 기존 엘리트들은 자신들이 가지고 있던 기득권을 포기하지 않고 계속 대중을 통제하려 하고 있다.

이것이 현재 지구상의 인간 세상 속에서 벌어지는 혼란의 중요한 원인 중 하나이다. 언제 부서질지 모르는 물질과 권력을 지키기 위해 과거의 이념과 신념을 이용하는 것이다.

이로 인해 개인과 집단의 이기주의가 팽배하여 인간 사회는 물론 지구 자체의 생존을 위협하고 있다. 그래서 지구 자체의 정화 프로그램과 인간 사회 자체의 "자기 파괴 프로그램"이 작동하여 인간의 이러한 욕망을 깨뜨리고 있는 것이다.

개인도 마찬가지 상황이다.

현재 인간 사회는 누구나 스스로 원하는 것을 성취할 수 있는 조건을 갖추고 있다.

어쩌면 이미 자신의 삶을 만족시킬 수 있는 여건을 만들어 놓고 있는지 모른다.

하지만 본인의 성취를 느끼지 못하고 무엇에 홀린 듯 계속 질주하고 있다. 자신을 홀린 것이 무엇인지도 모른 채 마치 자동차 기어를 1단에 놓고 계속 액셀을 밟아대며 빨리 달리려 애쓰는 형국이다.

만일 자신이 기어를 1단에 놓고 계속 밟고 있다는 사실을 깨닫지 못하면 차의 엔진은 불이 나든지 하여 멈춰 버릴 것이다. 인간 내부에 존재하는 자기 보호 프로그램에 의해 이 광란의 질주를 멈추게 하는 것이다. 인간의 눈으로는 마치 비극적인 일(병, 사고 등)이 발생하여 삶을 망쳐 버리는 것처럼 보이는 일이 벌어지는 것은 사실 광란의 질주로 인한 삶의 종말을 막기 위한 스스로의 보호 장치이다. 안타깝게도 인간은 이러한 상황을 깨닫지 못하고 스스로를 파괴해 버리는 행위를 반복하고 있다. 우리 스스로 이러한 질주를 하고 있다는 사실을 깨닫게 된다면 현재의 자기 파괴적인 행위를 멈출 수 있게 되리라.

이제는 자신이 왜 이렇게 무엇인지도 모르는 이유 때문에 질주를 하는지 알아볼 차례이다.

스스로를 돌아보면서 "내가 무슨 이유로 이렇게 스스로를 힘들게 하는지"를 확인해야 한다.

답은 현재에 있지 않고 과거에 존재한다. 과거의 어떤 사건(기억)으로 인해 현재의 습관이 만들어졌기 때문이다. 과거의 기억은 생각만으로 찾아낼 수 없다.

우리 몸과 의식 속에 기록된 기억을 불러내기 위해서는 생각과 더불어 몸을 함께 써야 한다.

특히 손을 움직여 생각과 함께 물질(종이 위의 문장)로 드러나게 하는 행위를 통해 과거의 기억을 불러낼 수 있다.

과거의 기억이 만든 현재의 자신

과거의 기억은 현재의 자신을 만들어 온 각각의 벽돌과도 같다. 건물을 만들 때 거대한 한 덩어리의 구조물이 필요한 것이 아니라 각각의 부품을 모으고 연결하여 완성한다.

인간도 마찬가지이다. 현재의 모습은 그냥 만들어진 것이 아니라 태어난 이후 여러 교육과 경험을 통해 만들어진 결과물이다.

물론 스스로는 현재의 결과물에 대해 불만이 있을 수도 있다. 사실 거의 모든 인간은 현재의 삶에 만족하지 못하고 불만을 가진다. 또 그 불만을 해소하기 위해 애를 쓴다. 결과는 마치 뱀이 자기 꼬리를 물고 스스로를 먹어 치우는 형국이다.

왜 이렇게 어리석은 행태를 하는 것일까?

자신의 엉덩이에 불이 붙어 있는데 뜨겁다고 차가운 곳을 찾아 뛰어다니는 것과 비슷하다.

내 엉덩이에 불이 났다는 사실을 알아차리면 되는데 문제가 바깥에 있다는 착각 속에 이리저리 뛰어다니며 결국에는 큰 상처를 입고 쓰러지게 된다. 하지만 어찌하랴. 지금껏 우리는 이러한 삶에 익숙해져 있는 것을.

오늘날에는 문제를 바깥에서만 찾는 습관이 개인뿐만이 아니라 가정 그리고 사회 전반에 깊이 뿌리 내려 있는 것을.

이제는 받아들여야만 한다. 외부 조건들을 충족시키는 것만으로는 현재 삶의 문제를 해결할 수 없고 자신 안에서 외부 환경에 반응하여 스스로를 힘들게 하는 자신의 모습을 찾아야 한다는 사실을. 그리고 그 모습은 과거의 기억 속에 존재한다는 사실을.

"오늘의 나는 어제 나의 경험과 기억으로 재편된다"는 사실을 잘 기억하자. 바꾸어 말하면 과거 경험과 기억을 통해 현재의 자신을 이해할 수 있다는 말이다. 그리고 어떤 이유로 현재의 삶의 태도와 반응이 만들어졌는지도 알 수 있다.

즉, 현재의 나는 과거의 기억과 경험의 결과로 만들어진 레고 블록과 같다. 물론 이 말은 이해를 돕기 위한 비유이다. 인간의 실체는 이렇듯 간단하게 설명되는 것은 아니나 기본적인 원리가 그렇다는 말이니 오해 없기 바란다.

그래서 자신을 돌아보는 방법이 참 중요하다. 물론 그 이전에 "왜 자신의 과거를 이해하는 것이 현재 삶의 문제를 이해하는 데 중요한가"를 깨닫는 것이 선행되어야 한다.

이러한 준비를 마쳤으면 한번 자신의 과거로 여행을 떠나 보자. 일단 공책과 펜을 마련하여 자서전을 쓰도록 하자. 자서전을 쓰는 이유가 몇 가지 있는데,

첫째로 막연한 자신의 문제점을 생각으로만 기억해 내는 것이 아닌 손을 이용해 직접 기억해 낸 내용을 쓰고 다시 눈으로 읽으면 훨씬 실감 있게 느낄 수 있다. 인간은 무엇을 성취하고자 할 때 먼저 그것에 대한 생각을 하게 된다. 그리고 그 생각에 동기 부여를 하여 내면에서부터 흥분과 긴장 등 그 일을 성취하는 데 필요한 감정을 북돋운다. 그런 다음에 비로소 행동을 통해 원하는 것을 성취한다. 대부분의 사람은 목표에 대한 성취를 생각하는 수준에서 멈춘다. 그리고 이것 때문에 안되고 저 조건은 나에게 안 맞는다는 둥 안 될 수밖에 없는 이유들을 창조해낸다.

스스로를 되돌아보는 것도 마찬가지이다. 자신의 문제점을 떠올리기만 하고 돌아볼 생각은 하지 않은 채 회피하기만 바쁘다. 머리로는 문제를 알고 있지만 그 상황만을 회피하기에 급급하니 문제는 점점 더 커져 갈 수밖에 없다.

  그런데 일단 자신의 문제를 돌아보기로 작정한 이후에 손으로 그 내용을 써 내려가기 시작하면 신기하게도 자신이 지금껏 잊고 있었던 내용을 기억해 내기 시작한다. 과거를 기억해 내려는 육체적 행위인 글을 쓰는 것이 아마도 잠재해 있던 과거의 기억을 살려 내는 것 같다. 공책의 첫머리에 먼저 자신이 힘들어하고 불편해하는 점들을 있는 그대로 써 보자. 누구에게 보여 주는 것이 아니니 자기에게 편안한 내용으로 써 내려가면 된다.

  둘째의 원칙은 "과거부터 적어 내려가는 것이 아닌 현재 이 순간부터 과거를 향해 써 내려간다."

  먼저 현재 자신이 느끼고 있는 삶의 문제점을 명확히 인식하고 되도록이면 간단한 한 문장으로 만든다. 예를 들면 "나는 매사에 자신이 없다." 혹은 "죽어라고 일하는데 왜 돈이 안 벌릴까?", "살면서 왜 항상 다른 사람들 한테 따돌림을 받을까?" 등 서술형이 아닌 간단한 문장으로 스스로 되뇌이기 쉽게 만든다.

  되도록이면 편안한 의자에 앉아 앞에 공책과 펜을 두고 자신이 만든 삶의 어려움에 대한 문장을 세 번 정도 소리 내어 외운다. 이것을 하는 이유는 우리가 여행 전에 목적지와 여행 목적을 확인하는 절차와도 같다. 대부분의 사람은 통상 어떤 일을 계획하기 전에 대충 생각만으로 시작해 중도에 방향을 잃고 헤매이다 결국은 포기한다. 이렇듯 어떤 일을 도모하기 전에 분명한 목적과 방법을 명쾌히 하는 것이 중요하다. 스스로의 자서전을 쓰기 위해 삶의 어려움의 근원을 찾는 분명한 의지를 이 문장을 통해 다지는 것이다.

이제 준비가 다 되었으면 눈을 감고 오늘 있었던 일들을 기억해 본다. 그 중에서도 특히 자신의 문제와 관계된 부분을 기억해 낸 후 곧바로 공책에 적어 나가기 시작한다. 그 외에도 적고 싶은 내용을 기억나는 대로 손이 가는 대로 써 내려간다. 천천히 어제 그리고 지난주 등 서서히 자신의 과거를 짚어 나간다. 쓰는 도중에 자신이 무엇을 적는지 궁금해하지도 말고 판단하려 하지도 말고 계속 적어 내려간다. 판단하고 이해하려는 순간 과거로의 회상은 멈추게 되기 때문이다.

자서전을 적기 전에 주변 환경을 잘 정리하여 최소한 30분이나 한 시간 정도 방해받지 않고 전념할 수 있도록 한다.

계속 적어 나가게 되면 어느덧 어린 시절의 경험까지 다다르게 된다. 특히 성장기의 한 시점에 발생한 특정 사건(경험)과 현재 삶의 문제점이 연결되어 있다는 것을 발견하게 된다. 사실 현재의 곤란함은 과거의 어떤 한 사건을 계기로 시작된 하나의 프로그램인 것이다. 이 사실을 깨닫는 순간 자신을 이해하기 시작한다.

이때 중요한 것은 절대 자기 연민에 빠져서는 안 된다. 문제점의 시작을 안 후에는 "그 이후의 삶을 통해 어떻게 변화하였는지" 잘 살펴보아야 한다.

예를 들면 매사에 자신감이 없던 자신의 과거를 더듬어 가던 중 초등학교 시절 성적이 잘 못 나왔다는 이유로 아버지에게 "너는 아무 짝에도 쓸모가 없는 놈"이란 구박을 받았던 기억이 떠올랐고 그 말이 가슴에 박혀 항상 자신감 없이 살아왔다는 것을 알아차렸다. 이때 어린 시절의 모습에 자기 연민을 느껴 그 상황에 빠져든다면 아주 잘못된 것이다. 잘 살펴보면 한편으로는 아버지의 구박에 자책하며 "나는 아무것도 할 수 없나 보다"라고 스스로에게 실망한 면도 있지만 그럼에도 그 일 이후에 아버지로부터 인정받으려 열심히 노력한 부분도 존재한다.

여기에서 중요한 포인트가 존재한다.

과거의 어리고 나약한 경험으로 인한 마음의 상처는 성인으로 성장한 이후에도 지속된다. 육체적으로 사회적으로 성장하여 남부럽지 않은 조건을 성취하고 있음에도 내면에는 "성인의 모습이 아닌 상처받은 어린 시절의 자신"이 존재하여 해당 상황과 비슷한 조건, 예를 들면 자신이 평가받는 상황이면 "성인으로서의 자신이 아닌 상처받은 아이"로서 그 상황을 마주한다.

이 상황을 잘 알아서 깨우쳐야 한다. 나는 이미 여러 교육과 사회적 경험을 통해 문제를 해결할 수 있다. 지금까지 자신을 힘들게 했던 이유가 과거 어린아이의 기억으로부터 비롯된 것이라 해도 과거는 이미 존재하지 않는다.

이제 스스로 그 사실을 찾았으니 그 기억을 놓아주어야 한다. 공책에 과거의 어리고 나약했던 나에게 글을 한번 써 보자.

속에서 우러나오는 말을 있는 그대로 써 보는 것이다. 얼마나 힘들었을지 현재의 자신이 과거의 자신에게 위로의 말을 써 보는 것이다. 그리고 과거의 상처받은 자신에게 일러주라.

현재의 자신은 스스로 모든 일을 잘 해결해 나갈 수 있는 힘과 능력이 있는 존재라고.

그리고 이젠 편안하게 과거로 돌아가라고 써 보길 바란다.

이 과정 속에서 무엇인가 속이 편안해짐을 느낄 것이다. 때론 눈물도 날 것이고 여러 감정이 일어나고 사라지는 경험을 할 것이다. 한번 그 흐름과 함께 해 보라.

바로 이것이 "알아차림"이고 "멈춤"이다.

이 순간부터 문제는 문제가 아니고 자신의 숨겨진 면모를 발견하는 중요한 도구가 된다.

지금까지 짊어지고 왔던 과거의 아픈 기억이 사실은 스스로의 가능성을 드러내기 위한 채찍질과 같은 기능이었음을 알아차리게 된다. 비록 그 기억과 마주한 순간은 아프고 힘들었겠지만 다른 한편에서는 그 아픔을 이겨내기 위해 몸부림쳤던 자신의 모습이 존재했다. 시간이 흐르면서 과거의 아픈 기억은 희미해졌지만 그 기억으로부터 벗어나기 위한 노력이 결실을 이루어 현재의 모습이 만들어진 것이다.

이 부분에서 사람은 변한 자신의 모습을 알아차리기보다는 과거의 나약하고 순진했던 자신의 모습을 기억하고 착각하며 살아간다.

사실 인간이 가지고 있는 삶의 문제는 기억 속에 희미하게 존재하는 과거의 모습이 현실과 반응하는 데서 발생하는 갈등이다.

그래서 과거의 환영과 현재 자신의 모습을 알아차리는 것에서 해결책을 찾을 수 있다. 그토록 힘들어하던 이슈가 현실의 자신이 아닌 과거의 기억이었다면 그리고 그 환영을 떨쳐버릴 수 있다면 현재의 자신을 느끼고 즐기는 삶으로 바뀔 것이다.

말로써 설명하는 것은 어렵지 않게 이해할 수 있을 것이다. 대부분의 사람은 이해하는 것으로 문제를 해결한 것이라고 착각하며 실제 행동에 옮기는 것을 소홀히 한다. 지금껏 개인만이 아니라 조직사회도, 더 큰 단체나 국가 역시도 같은 실책을 저지르며 여기까지 오게 되었다. 현실의 문제점을 이해하나 그 해결책을 찾기 위해 노력하지 않고, 해결책을 찾더라도 이후 행동으로 옮기지 못한 것들이 현재 우리가 직면하는 자연재해와 전쟁, 갈등 상황을 만들고 있다.

개인은 자신이 풀어야 할 문제를 사회나 국가가 해결해주길 원하고 사회는 적당히 개인과 타협하며 그 순간만을 넘기는 행위를 하며 이 모든 문제가 발생했다.

이제는 "나"부터 변해야 한다. 부모나 사회가 해결해 주길 바라기 보다는 스스로 바뀌어야 한다. 이미 수천, 수만 년 동안 안 된다는 것을 인류의 경험으로 깨닫지 않았는가?

그래서 내가 바뀌고 그 바뀜으로 주변에 선한 영향을 끼쳐 서로가 바뀔 수 있는 사회를 만들어야 한다.

혹자는 이렇게 말하리라. "아무도 바뀌지 않았는데, 왜 내가 먼저 바뀌어야 하나?"

그런 사람은 아직 현실을 보지 못하고 있다. 사정이 그렇게 편안히 바라볼 수 있는 상황도 아니고 이미 사회나 국가가 현재 내가 직면하고 있는 문제를 해결해 줄 수 없다.

모든 것은 자신의 선택에 달려 있다. 스스로를 바꾸어 편안함에 머물거나 여태까지처럼 이기적인 행위를 계속해 스스로를 곤란함 속에 머물게 하는 것은 자신의 선택이다.

세상 모든 사람을 위해 이 글을 쓰고 있는 게 아니다.

힘들 만큼 힘들었고 살기 위해 발버둥치고 답을 찾고자 하는 존재를 위한 글이다. 나 또한 내 스스로 짊어지고 왔던 삶의 문제 때문에 힘들어 봤고 도망치려고도 했다. 하지만 살아남기 위해 방법을 찾았고 그 방법이 외부에 있지 않다는 것을 깨달았다. 한때는 내가 만일 나를 힘들게 하는 환경을 떠나거나 다 없애버리면 좀 편안해지지 않을까 하는 생각에 실제 멀리 도망도 갔다. 하지만 문제는 항상 내 안에 존재했다. 어디를 가든 비슷한 상황과 마주함에 힘들었다.

"마치 색 있는 선글라스를 항상 쓰고 있으면서 그 색을 싫어하고 그 색으로부터 도망치려 하는 것과 같았다." 그 선글라스를 나라고 여기는 것처럼….

참 우스꽝스럽게도 문제로부터 도망치려는 노력을 포기하는 순간 편안해지기 시작했다.

이것이 문제를 회피하기 위한 헛된 노력을 내려놓는 순간이었기 때문이다. 그리고 내가 보고 느끼는 사실이 진실이 아닐 수도 있겠다는 생각이 들었다.

그러면서 서서히 사실이 드러나기 시작했다. 먼저 비슷한 행위들이 예전에도 반복되었다는 사실을 알게 되었고 이러한 것들을 통해 최초가 언제였는지 찾기 시작했다. 이윽고 과거 어렸을 때의 사건 하나가 떠올랐고 모든 것이 짜맞추어지기 시작했다. 어렸을 때 경험한 기억과 감정이 이후에 비슷한 상황과 조우할 때마다 회피하려는 똑같은 행동으로 반복됐다. 이 사실을 깨달은 순간 피식하며 헛웃음이 나왔다.

"아니 겨우 이것 때문에 그동안 힘들었나? 현재의 나에게는 전혀 문제가 되지 않는 것인데"라며 과거 어렸을 때의 작은 내 모습이 지금껏 비슷한 상황에 처할 때마다 내 안에서 반응했다는 것을 깨달았다. 이미 나는 성장하여 그 문제를 현명하게 대처할 삶의 경험과 지식을 갖추고 있는데도 그 문제에 대해서는 항상 사건이 일어났을 당시의 어린아이의 기억과 감정을 "나"라고 느끼고 지금껏 반응했다.

한편으로는 허무하기도 했고 "내가 왜 오랫동안 그 모습을 나라고 생각하며 살아왔지"라는 의문이 생겼다.

그 의문이 나를 힘들게 했던 그 삶의 문제를 해결하는 실마리가 되었다.

의문을 풀려고 과거부터 시작된 나의 반복된 행동을 살펴보니 한 가지 중요한 사실이 드러났다. 내가 비슷한 상황을 마주할 때마다 한편으로 도망치고 회피하려 하면서도 "그 문제를 해결하려 발버둥치는 내 모습"도 존재했다.

얼마 지나지 않아 내 삶의 문제는 이미 해결이 되고 있었음을 알게 되었다. 그것을 깨닫기 전까지 "나의 어릴 적 기억과 감정으로부터 벗어나기 위해 발버둥을 치며 스스로 문제를 잘 해결하고 있었음에도 힘들어했던 것이다." 그 기억과 감정이 현실을 덮어 나를 나약한 어린아이의 모습으로 남게 했던 것이다. 너무나 아이러니한 상황이었다. 현재 내가 느끼고 있던 기억과 감정이 과거로부터 비롯된 환상이었다니!!!

이 사실을 깨달은 이후 난 정신이 번쩍 들었고 스스로 "더 이상 이러한 과거의 허상에 의해 좌지우지될 수 없다"라는 자각이 들었으며 내 스스로 과거의 "나"를 떠나보냄으로써 이 문제에서 벗어날 수 있게 되었다.

과연 삶은 바꿀 수 없는가?

운명이라 했다.

운명은 타고나며 바꿀 수가 없다 했다. 과연 우리네 운명은 바꿀 수가 없을까?

먼저 우리가 운명을 바꿀 수가 없다 하는 순간 우리는 바꿀 수가 없다.

이렇게 바꿀 수가 없다 해놓고 운명을 바꿀 수 없다고 한탄한단 말인가?

운명을 바꾼다 못 바꾼다 라는 말싸움 이전에 우리는 알아야 한다.

우리가 내린 정의에 의해 운명이 결정된다는 것을.

운명을 바꾸길 원하는 자는 먼저 운명이 바뀔 수 있다는 자신감을 가져야 한다.

그러고 나면 다음 순서는 "어떻게?"이다.

이건 별로 어렵지 않다. 왜냐하면 세상에는 너무도 많은 방법들이 나와 있기 때문이다.

문제는 우리 자신이 얼마만큼 내 자신의 운명을 바꿀 만한 준비가 되어 있느냐이다.

그저 머리로만 생각하고 온갖 방법들을 궁리한들 이건 마치 토끼의 뿔을 찾는 것이나 마찬가지다. 이 말은 전혀 가능성이 없는 곳에서 억지로 지어내려 한다는 뜻이다.

운명이란? 내가 만든 스스로의 틀이다.

그 틀은 "명예 혹은 파워, 돈, 즐거움 등" 우리 스스로가 결정한다.

물론 주변의 환경이 이를 만드는 데 일조하는 것은 당연하다.

하지만 아무리 주변이 어떠한 틀로 밀어댄다 하더라도 최종적으로 받아들여 결정하는 것은 "나"이다.

우리는 이러한 주변의 영향(교육 또는 가족환경, 친우 등)을 탓하며 자신의 선택에 대한 책임을 남에게로 돌린다.

이러한 책임 회피는 문제해결을 하기보다는 자신을 더더욱 깊은 구렁텅이로 밀어 넣는 것이다.

먼저 자신의 선택을 인정하며 자신의 선택으로 인한 결과를 받아들인 상태에서 새롭게 펼쳐진 가능성을 열어 가는 것이다.

이럴 때 운명은 굳게 닫힌 가능성의 문을 열어준다.

그럼 운명이라는 메커니즘에 대해서 알아보자.

운명이란 하나의 틀이라 했다. 그 틀은 어떻게 해서 만들어지는가?

먼저 어릴 때의 주변 환경은 이 틀을 결정짓는 데 중요한 역할을 한다.

그리고 우리가 어릴 때는 스스로 결정할 수 있는 능력이 되지 않기 때문에 주변의 도움을 받아 우리 스스로의 운명을 만들어 간다. 이 점에서 많은 사람들은 불평 불만을 한다.

바로 이러한 이유 때문에 자신의 운명이 나빠졌다고.

하지만 이것은 마치 등잔 밑만 보고 앞으로 전개될 상황에 대하여 무시해 버리는 어리석음을 유발한다.

비록 어릴 적 환경이 좋지 않다 하여 그 삶이 나쁜 것만은 아니다. 짧은 순간 세상적인 기준에 의하여 자신이 속해 있는 상황이 좋게 보이지는 않더라도 삶 전체로 보면 중요한 성장을 위한 밑거름일 수도 있으니 말이다.

과거의 "나"와의 아름다운 이별

과거로부터 자유로워지는 것은 "나비의 유충이 스스로 껍질을 벗어 진정한 나비로 거듭나 자유롭게 하늘을 나는 것"과 같다. 나비의 유충(번데기)은 그렇게 보기 좋지는 않다. 색깔과 모양이 딱 가까이하고 싶지 않은 모양새다. 하지만 유충 안에는 아름다운 나비로 변신할 수 있는 잠재력이 있다.

인간도 마찬가지이다. 비록 살아온 과정이 남루하고 힘들었다 하더라도 그 모습으로 그 사람이 가지고 있는 잠재성을 판단할 수는 없다.

안타깝게도 세상은 보이는 것만으로 판단하는 게 일상화되었다. 그래서 사람들은 보여지는 물질이나 사회적인 위치를 얻기 위해 열심히 내달린다. 이러한 보여주기식 삶의 방식은 "스스로를 위한 삶이 아닌 항상 남과 비교하는 삶"으로 스스로를 끊임없는 경쟁의 톱니바퀴로 내몬다.

그러다 보니 본인이 원했던 것을 이미 성취하고 있는데도 그 이룬 바를 즐기지 못하고 다시 무한 경쟁의 전쟁터로 자신을 내모는 것이다. 문제는 본인 스스로가 이러한 상태에 빠져 있는 것을 느끼지 못한다는 것이다. 소위 말하는 "성공"이 주는 순간의 달콤함에 취해 "더 더 더" 그 찰나의 달콤함을 쫓아 스스로를 소진시키고 있다.

이러한 행동이 전체 집단에까지 영향을 미쳐 사회가 거대한 경쟁의 전쟁터로 변해가고 있다. 어쩌면 인간 사회의 과거 생활 습관이 생존과 관련되어 타인과의 경쟁을 통해서 살아남을 수 있었기에 이러한 경쟁이 일상화되어 있는 것인지도 모른다.

인간이 세상 속에서 경쟁으로 남의 것을 탈취하고 남들을 의식하며 끊임없는 투쟁을 하기 위해 존재하는 것은 아닐 것이다. 우리에게는 투쟁(성취)을 통해 얻는 즐거움도 있지만 서로 교류하며 그 과정에서 얻는 즐거움도 존재한다. 인간관계가 꼭 서로를 이용하기 위해서만 존재하는 것은 아닐 것이다. 부모 그리고 연인(부부)과 친구 관계를 통해 인간이 경험하는 위대하고 아름다운 관계를 만들어 그 속에서 서로 치유받고 격려하며 기쁨과 행복을 창조해 나간다.

그러나 현재 인류의 상황은 그리 좋지는 않은 것 같다.

"성공"이라는 항시 변하고 잡으려면 더 멀리 달아나는 이 신기루를 잡기 위해 "인간이 창조해 낼 수 있는 위대한 즐거움"을 팽개치고 순간의 달콤함에 중독되어 스스로와 전체를 망가뜨리고 있다.

얘기가 좀 다른 주제로 넘어간 것처럼 보이지만 사실 이러한 인간 사회의 문제는 각 개인의 습관이 서로 영향을 끼쳐 만들어 낸 거대한 엉김과 같기 때문에 각자가 이러한 원리를 깨닫고 풀어내야 한다. 그래야만 전체에 엉켜 있는 실타래와 같은 현재 상황을 풀어낼 수 있다.

그럼 이 상황과 과거는 무슨 연관 관계가 있을까?

위에서 언급한 것과 같이 인간은 이 세상에서 "생존"을 해내야만 하는 환경 속에서 태어났고 그 노력을 지금까지 하고 있다. 이 과정 속에서 많은 것을 경험하고 그 경험의 결과물이 현재의 자신이다.

하지만 이 과정이 결코 쉽지는 않았으며 항상 긴장과 불편함 속에서 살아나가게 된다.

예를 들면 가족 내에서도 항상 다른 형제 자매들과 경쟁하며 자라게 되며 그 과정 속에서 생존하는 법을 체득하고 점점 더 큰 단위의 사회로 나아가게 된다.

능력을 얻어 가는 것은 좋으나 문제는 그 과정 속에서 경험하는 불편함과 곤란한 기억과 감정이 미래의 행동에 영향을 끼친다는 것이다. 주로 이러한 영향이 서로 간의 경쟁과 불신을 야기시킨다. 그래서 본인도 힘들게 하고 타인에게도 영향을 끼쳐 이기적이고 욕망에 의해 움직이는 세상을 만들어 간다.

이제 인간은 스스로가 만들어 낸 괴물 에너지에 지쳐 가고 있으나 아직 이 에너지를 벗어나고자 하는 용기를 내지 못하고 있다. 아니 방법을 모른다.

물론 순간을 벗어나기 위해 휴가 등을 통해 어려움을 벗어나려 애를 쓰나 다시 광란의 에너지 속으로 끌려오게 된다.

마치 거대한 최면 프로그램에 빠져 벗어나지 못하고 그 속에서 허우적대는 꼴이다.

이제 더 이상 자신에게 힘듦과 불행함을 요구해서는 안 된다. 그 대신 과거의 나약한 자신을 이해하고 떠나보내야 한다. 그래서 자서전 쓰기를 권하는 것이다.

현재 문제의 시발이 어디서부터인지 잘 살피고 그 이후부터 경험한 삶이 현재 자신의 어떤 면모를 완성하였는지 살펴보는 것이다. 이 과정을 통해 먼저 힘들었지만 가치 있었던 자신의 과거를 만나서 이해하고 그 과거가 더 이상 현재의 자신에게 어울리지 않음을 통찰해야 한다.

현재 자신이 가지고 있는 삶의 긍정적인 경험과 노하우들이 과거 기억에 덮여 제대로 쓰이지 못하는 상황을 알아차려야 한다.

알아차린 후에 비로소 자신의 과거에 감사할 수 있게 되고 떠나보낼 수 있다.

이것이 바로 "과거와의 아름다운 이별"이다.

통상 이별은 아프다고들 한다. 맞는 얘기이다. 수십 년 동안 함께 했던 자신의 일부분을 떼어 낸다는 것이 분명 쉬운 일은 아니다.

하지만 나라고 알고 지냈던 그 과거의 모습이 기억 속에만 존재한다는 사실을 기억하자. 보이지도 않고 만져지지 않는 기억 때문에 힘들어했던 자신을 떠올리자. 그러면 답은 금방 나올 것이다. 그리고 과거의 기억을 붙잡고 있던 이는 바로 자신이었기에 놓아주는 이도 자신이어야만 한다.

과거를 놓아주기 위해서는 그 과거가 자신에게 어떤 역할을 했는지 깨달아야 한다. 예를 들면, 지금껏 자신이 느끼고 있던 삶의 문제와 현실의 자신은 정반대 상황에 놓여 있다. 과거에 경제적으로 힘들었던 기억이 있는 자는 돈을 벌기 위해 열심히 살았을 것이고 분명 현재는 경제적으로 풍족한 상황에 놓여 있을 것이다. 그러나 과거의 기억이 이 사람의 감각과 감정을 왜곡하여 항상 경제적으로 부족하다는 생각에 사로잡히게 만들어 지금껏 본인이 이룩한 경제적인 성취를 누리지 못하게 하고 계속 더 많은 돈을 벌기 위해 몰아 댈 것이다. 결국 이러한 상황을 알아차리지 못한다면 스스로를 힘들게 한 결과로 병을 얻거나 사고로 인해 본인이 성취한 것을 사용하지 못하게 될 것이다. 이러한 경우를 주변에서 쉽게 볼 수 있다. 이러한 과거의 기억에서 비롯된 편집증과도 같은 행동은 누구에게나 존재한다.

인간 각자는 이러한 과정들을 통해 비록 곤란함과 불편함으로 보이는 삶 속에서 스스로의 가능성을 드러내고 있다. 문제는 스스로 성취한 이 결과물을 알아차리지 못하고 "더 많이" 얻으려는 습관이 우리를 현재의 고통 속에 잡아두고 있는 것이다.

이러한 습관은 개인을 넘어 집단으로 그리고 전 세계에 퍼져 현재의 상황을 만들어냈다.

책임은 우리 모두에게 있다. 하지만 우리는 그 책임을 리더에게 돌리고 있다.

과연 그들이 현재의 문제를 잘 풀어낼 수 있을까? 아마 과거에도 그러했듯이 수박 겉핥기식으로 순간만을 넘기려 할 것이고 이러한 악순환은 계속될 것이다.

답은 내가 찾아야 한다. 어느 누구도 외부에서 나에게 답을 주지 못한다. 나의 과거 기억으로부터 비롯된 현재 삶의 문제를 어떻게 남이 풀어줄 수 있단 말인가?

사실 외부 세상(환경)은 내가 어떻게 반응하는지에 따라 그대로 반응한다. 마치 거울과 같다. 내가 화를 내면 세상은 화를 낸 상황으로 나에게 반응한다. 잘 생각해 보라.

내가 기쁠 때 세상의 모든 상황이 왜 그리 긍정적으로 느껴지고 내가 화가 나거나 힘들 때 세상은 왜 그렇게 부정적이고 불편하게 느껴지는지. 내가 만약 세상과 반응하는 내 자신 안에 존재하는 그 무언가를 바꿀 수만 있다면,

부정적이고 불편한 그 생각 혹은 느낌들을 지워낼 수만 있다면 그와 반응하는 외부 상황도 바뀔 수 있다. 아니 진짜 바뀌게 된다.

자. 다시 한번 내가 지금껏 얘기해 왔던 것을 상기해 보자.

현재 자신의 삶의 문제는 지금 나타난 것이 아니라 과거 언젠가부터 비롯된 경험이 만들어 낸 기억이 습관화되어 나를 지금껏 힘들게 하였다. 그 기억으로부터 벗어나고자 참 많은 노력을 하며 힘들게 살아왔다. 그 결과 현재의 나는 과거의 나와는 전혀 다른 상황에 존재하는데 아직까지도 그 문제에 대해서 "나는 작고 나약한 존재"로만 기억하고 있고 비슷한 상황이 벌어지면 "현재의 나의 존재"를 잊고 "과거의 작고 나약한 나"로 되돌아가 괴로워하며 힘들어한다. 이것이 마치 탈출할 수 없는 감옥과 같이 항상 사람들을 옥죈다.

이걸 힌두교나 불교에선 "카르마"라고도 하는데 개념은 비슷하다.

이러한 괴로움은 자신이 과거 자신의 기억을 마주하고 그동안 살아오며 그 기억을 지우려 애쓴 과정을 살펴 현재 자신이 과거의 모습이 아닌 과거의 모습을 벗어나 훌륭하게 성장한 현재의 모습을 깨닫고 난 후에야 벗어날 수가 있다.

그래서 과거의 자신의 기억을 더듬고 스스로의 성장 과정을 살피는 작업으로 "자서전 쓰기"를 권하였고 스스로를 돌아보며 과거의 자신과의 결별을 위해 "공책에 과거의 자신에게 보내는 글"을 써 보라 한 것이다. 이제 이러한 과정을 통해 조금씩 편안해져 감을 느낄 수가 있을 것이다. 그럼 이러한 편안함을 유지하는 방법에 대해서 살펴보자.

　"편안함은 외부에서 성취하는 것이 다가 아니라 그 성취함을 느낄 줄 아는 만족에 있다.

드러난 후에

모든 것이 드러난 후 이제는 극명하게 보이리라.

내가 어떠하였고 그 결과로 현재 어떠한 상황에 처하였는지를. 다음은 그에 대한 뒤처리를 해야 할 것이다.

뒤처리라 함은 내가 나의 인생에 대해 이해했으면, 아직 정리되지 않은 삶에 대하여 가다듬고 정화하여야 한다. 그리하여 평화로움과 밝음으로 삶을 이루어야 하리라.

혹자는 이미 깨달았음에 더 이상 갈고 닦음이 필요 없다 할지라.

그러나 인간의 탈을 쓰고 있음에 우리는 과거의 우리 행적으로 인한 결과에 대하여 자유롭지 못하다. 인과응보라는 업장의 파고로 인하여 아무리 수행을 지극히 했다 하더라도 그에 대하여 영향을 받게 된다.

하지만 진정한 수행자는 그 영향이 자신의 밖 일이라 깨닫고 스스로를 단속하며 평화와 밝음을 지켜 나간다.

수행 안에서는 누구나 평화와 밝음을 느낄 수 있다.

그러나 수행 밖 세상사에서는 세상의 흔들림으로 인해 중심을 흩트리기 쉽다.

요즈음 같은 말세에는 수행장 안에서도 흔들림이 있어 좀체 정진하기 수월치 않다. 참된 수행과 생활의 근본을 잃어버렸기 때문은 아닌가 싶다.

지나치게 룰에 얽매여 근본을 잃어버리거나 수행의 주체인 인간에 대한 지나친 부정으로 진리 밖에서 답을 구하는 형국이다.

우리네 인간 스스로의 존재는 너무나 중요하다. 내가 존재함에 부처도 존재하며 예수도 존재한다. 더불어 진리도 존재한다.

따라서 나를 부정하는 수행은 소위 외도로서 우물 밖에서 물을 구하는 어리석음이다. 과거의 위대한 스승은 내 안에 진리가 있음이니 내 안에서 구하라 했다.

위대한 스승의 가르침도 경전도 다 참된 내게로 이르는 길을 지칭 함이니 이를 일러 수행이라 했다.

수행을 통해 나의 존재 가치와 세상과의 관계를 깨우쳤으면 그간 쌓아온 과거의 틀을 무너뜨려 새로움으로 우뚝 서야 한다.

집을 지을 때 거푸집(틀)은 집이 완성된 후에는 떼어버려야 한다. 하지만 많은 이들이 그 거푸집이 집인 양 착각하고 있다.

깨달음은 내가 집을 이미 지었다는 것을 의미하고 깨달음 이후의 수행은 집을 지을 때 쌓아온 틀을 무너뜨려 진짜 집을 드러냄에 있다.

집이 드러난 후에는 그 집에서 평화와 안락함으로 안주하면 되는 것이다. 그러나 집은 한 번 청소했다고 영원히 깨끗해질 수가 없다.

계속해서 청소하고 관리해야 하는 것이다.

이처럼 수행을 통하여 일생 동안 스스로를 잘 관리하였을 때 그 경험과 결과로써 스스로의 생을 결정짓는 것이다.

편안함에 익숙해지기

편안함은 성취하는 것이 아닌 느끼는 것이다. 아무리 돈과 힘이 있는 자라 해도 순간의 성취로 인한 기쁨은 성취가 만들어 낸 조건인지라 그 조건이 끝나는 순간 없어지게 되어 계속 그 찰나의 즐거움을 지속하기 위해 스스로를 쉴 새 없이 몰아붙여 마치 "약물 중독"에 빠진 상태가 된다.

"느낀다"는 말은 외부에서 벌어지는 상황에 대하여 스스로 안에서부터 일어나는 반응을 의미하는 말이다. 그 느낌은 몸에서만 느껴지는 것이 아니라 우리의 감정과 생각에서도 일어난다. 우리는 매일 많은 일을 경험하며 살아간다. 원하는 바를 이루고 혹은 실패도 경험하며 하루하루를 만들어 간다. 하지만 대부분의 사람들은 그러한 삶이 힘들다고 불평하며 살아간다. "왜 나에게는 더 좋은 기회가 주어지지 않을까?" 그리고 "남들은 쉽게 원하는 것을 이루는데 나만 이렇게 힘들게 살아갈까" 등등.

 제3의 경계

과연 그렇게 불평하며 살아가는 사람들이 진정 불행하게 살아갈까를 따져 보자.

현대 사회는 과거와같이 생존에 필요한 물자와 환경이 모자라지 않다. 그럼에도 불구하고 사람들은 먹고살기 힘들다며 불평하며 살아간다.

왜 그럴까? 그것은 외부 상황(조건)의 문제가 아닌다.

아무리 상황이 좋아졌다 한들 그 상황에 대응하여 스스로 느끼는 것이 문제이다.

스스로 가난하다고 느끼는 자는 아무리 돈을 많이 벌지라도 계속 자신은 가난하다 불평할 것이다.

왜 그럴까? 왜 사람들은 지금껏 자신이 성취한 바를 즐기지 못하고 살아갈까?

그것은 앞에서도 설명한 바와 같이 과거의 기억이 자신의 감각을 덮어 힘들었던 기억들로 세상을 바라보게 하는 것이기 때문이다. 그리고 중요한 점은 그들은 "자신이 성취한 바를 느끼지 못한다"는 것이다.

느끼지 못한다는 것은 그들에게 느낄 수 있는 능력이 없는 것이 아니라 그 능력을 잊어버리고 있다는 것이다. 인간에게는 누구에게나 세상을 느끼고 그에 반응하며 살아갈 수 있는 능력이 공평하게 다 주어져 있다. 똑같은 감각 능력과 감정 활동 등등….

하지만 왜 외부의 같은 상황을 다 같게 느끼지 못하고 다른 반응을 보이는 걸까?

지금까지 설명한 대로 각자가 경험한 과거의 기억이 서로 다른 렌즈처럼 실상을 다르게 비추는 것이다. 문제는 이러한 사실을 깨닫지 못하고 과거의 왜곡된 기억이 자신인 줄 착각한 채 살아간다는 것이다. 이러한 상황은 각자가 본인이 겪고 있는 상황이 과거의 기억에 의해 왜곡된 허상이라는 것을 깨달을 때까지 계속된다.

만약 우리가 스스로의 상황을 느낄 수만 있다면 미련 없이 현재의 상황을 벗어나려 할 것이다.

하지만 인간들은 그 느낌을 잊고 살았기에 다시 그 느낌을 되살리는 것이 필요하다.

지금껏 자신의 느낌보다는 본인의 과거 기억에 의해 왜곡된 감정에 사로잡혀 이리저리 허둥대며 상황을 벗어나려 했기에 항시도 편안함을 느끼지 못했던 것이다.

그리고 보여지는 외부 상황(조건)을 소유하거나 통제하는 것이 자신을 보호하고 편안하게 해 주는 것이라 믿게끔 가정과 사회에서 교육받았다. 이러한 상황이 개인만이 아니라 사회 전체, 국가, 그리고 전 세계에 만연하다 보니 편안함 대신에 제한된 여건을 가지고 서로 경쟁하고 서로를 짓밟는 현재의 상황이 발생한 것이다.

물론 생존에 필요한 물품이나 여건을 위한 노력은 누구에게나 꼭 필요하나 각자의 뒤틀려진 생각과 감정에 의해 발생한 필요 이상의 욕망이 혼란과 갈등을 야기시키고 있는 것임을 깨달아야 문제는 해결될 것이다. 그렇다면 어떻게 다시 잊었던 "느낌"을 되살릴 수 있을 것인가?

느낌, 원초적이나 미래를 여는 열쇠

느낌은 이미 갖추어진 능력이다.

인간의 능력은 사용하면 할수록 개발된다. 그 능력을 농사짓는 데 사용하면 수확이 증대될 것이고 공부하는 데 사용하면 지식이 늘어날 것이다. 즉 생산적인 것에 사용하든, 소모적이고 파괴적인 곳에 사용하든, 능력은 발전할 것이다. 능력을 사용하는 데에는 어느 누구도 관여하지 않는다. 단지 인간 스스로 학습하고 결정하는 것이다.

간혹 자신이 남보다 능력이 없다고 불평하는 사람이 있는데 사실 이들은 능력이 부족한 것이 아니라 경험이 부족한 것이다. 아무리 속에 산을 옮길 수 있는 잠재력이 있다 하더라도 그 잠재력을 경험하지 않고는 그 능력을 확신할 수 없다. 경험은 우리가 가진 능력을 밖으로 드러나게 한다. 경험하기를 두려워한다면 그 사람은 영원히 본인의 능력을 발휘할 수 없을지 모른다.

지금까지 살아오면서 개인들은 많은 삶의 경험을 통해 자신들의 능력을 알게 모르게 키워 왔다. 그러나 대부분의 사람들은 자신의 능력 부족을 탓하며 살아간다.

원인은 자신이 가진 능력을 알아보기보다는 타인이 가진 능력과 자신의 능력을 비교하며 스스로를 "나는 왜 이것밖에 하지 못할까?"라며 자책한다. 과연 그러할까?

자신이 살아오면서 경험한 바가 바로 자신의 한계가 되어 자신을 구속하는 것이다.

경험이 인간의 잠재력을 드러내 주기도 하지만 다른 한편으로는 스스로를 구속하는 한계가 되기도 한다. 사실 경험 자체는 하나의 시스템이다. 인간이 경험을 통해 어려서부터 어떻게 살아가는지 체득해 왔듯이 경험은 현재의 세상을 살아가는 데 필요한 지식과 자신감을 얻게 된다. 그런데 이러한 경험이 긍정적인 면만 존재하는 것은 아니다. 과거에 경험하였던 부정적인 사건은 한편으로는 자신의 행동을 제약하고 움츠리게 한다. 예를 들면 어려서 개에 물렸던 사람은 "개는 나에게 고통과 두려움을 주는 존재"라는 인식을 경험을 통해 얻게 된다. 이를 통해 성장한 이후에도 과거의 경험이 개를 두려워하고 개에 대한 왜곡된 기억을 갖게 하는 것이다.

어쩌면 인간 개인의 삶의 문제는 이처럼 과거에 심어진 왜곡된 경험으로 인해 이미 외부 상황이 달라져 있는 현재에도 자신의 현실을 보지 못하고 과거에 경험한 기억으로 세상을 보기 때문은 아닐까 싶다.

그럼 이러한 왜곡된 과거의 경험은 어떻게 바로잡을 수 있을까? 먼저 과거의 왜곡된 경험으로 인해 현재 본인이 받고 있는 불편함을 바로잡고자 하는 자세가 필요할 것이다.

안타깝게도 많은 사람들이 자신이 현재 처한 삶의 불편함을 마주하기 보다는 회피하려 한다. 그러다 보면 결국에는 본인이 회피하려는 상황이 골목길 끝으로 몰아 더 큰 문제로 터져 나오게 된다.

사실 문제를 피해 도망가려는 것은 현재 자신의 모습이 아닌 "과거에 상처받은 어린 자신의 모습"이다. 어린아이였던 그 당시의 경험이 해당 문제에 대해서는 "성장하지 못하고 어린아이의 모습으로 고착되어 문제가 발생할 때마다 그 당시의 느낌과 행동으로 반응하는 것"이다.

이 사실을 모른 채로 스스로를 자책하고 회피하려는 모습이 현재 성인이 된 우리의 모습이다.

만일 우리가 이러한 사실을 깨닫는다면 바로 스스로를 바꾸기 위해 노력할 것이다.

이러한 노력은 머리로만 이해해서는 절대 이루어지지 않는다. 스스로 과거의 상처받은 자신을 찾아 이해하고 현재의 자신의 모습으로 돌아와야 한다.

이를 위해 "느낌"을 이해하고 다시 살려내야 한다.

예전에 상처받은 기억은 우리 안에 "느낌"으로 존재한다.

만일 외부에서 과거에 경험했던 비슷한 상황이 벌어지게 되면 자신의 안에 기억된 이 "느낌"이 살아나 현재의 자신의 모습을 과거의 왜곡된 기억의 모습으로 덮어버려 지금까지 받았던 교육이나 이루었던 성취가 아무런 작용도 못하게 된다.

그래서 사회적으로 지도층 위치에 있는 존재들이 극히 사소한 일로 인해 본인들이 성취했던 바를 물거품으로 만드는 사례를 우리는 종종 볼 수 있는 것이다.

과거의 기억(경험)이 만들어 낸 허상에 우리가 조종당하고 있기 때문에 벌어지는 것이다.

이처럼 중요한 과거의 기억을 다시 되돌려 그 경험이 무슨 이유로 발생하였으며 그 당시 자신의 상황이 어떠하였는지를 잘 살펴볼 수만 있다면 그 힘들었던 기억을 맑게 할 수 있다.

그 열쇠는 바로 "느낌"이다.

생각만으로 과거의 경험을 되살릴 수는 있지만 그 당시 느꼈던 느낌은 지워낼 수 없다. 어린아이가 느꼈을 그 상황을 이해하지 못한다면 그 느낌을 알 수 없다.

앞에서 예를 든 "개에 물린 기억"을 떠올려 보자.

어른으로서의 강아지는 충분히 통제가 가능한 대상이다. 오히려 조금만 겁을 줘도 강아지는 꼬리를 말고 도망가기 마련이다. 이러한 인식으로 보면 강아지를 무서워하는 어른의 행동은 이해되지 않는다. 하지만 어린 아이적 실수로 강아지의 꼬리를 밟고 난 후 강아지의 반사적 행동에 의해 발을 물렸을 어린아이가 경험하였을 상황은 참 쇼크였을 것이다. 이러한 쇼크와 그로 인한 고통과 패닉 등이 고스란히 그 아이의 의식 속에 기록되어 개를 만날 때마다 똑같은 쇼크와 패닉에 빠지는 것이다. 이러한 상황에서 현재 느끼는 쇼크와 패닉 증상만을 없애려 한다 한들 근본적인 원인은 사라지지 않고, 상황을 피한다 한들 이 세상의 개를 다 없애지 않고서는 그 증상을 없애지 못한다.

과연 "개"가 문제일까? 아니면 어떤 것이 자신을 이렇게 힘들게 하는 걸까? 답은 바로 "내 안에 존재하는 개에 대한 불편한 느낌"이다. 그 느낌이 과거 그 사건 이후로 내 안에 자리를 잡아 개만 보면 힘들어하고 피하고 싶어 하는 것이다.

그럼 과연 그 느낌이 하늘이 나를 싫어해서 벌주기 위해서 존재하는 것일까?

아니다. 사실 개에 물려 본 이후에 "개에 대한 두려움이 스스로를 조심하게끔 만드는 계기"가 될 수 있다. 이전에는 조심성이 없이 하고 싶은 대로 살아가는 상태였다면 개에 물린 후에는 좀 더 조심하며 살아가는 성격으로 바뀔 수 있다.

자. 이젠 조심성 있는 성격으로 바뀌었으니 다 잘 된 것 아닌가 싶은데 아직까지 개에 대한 두려움의 느낌이 남았다. 이 두려움은 더 이상 자신에게 도움이 되지 않는데 어떻게 풀어내야 할까? 그 답에 이미 앞에서 얘기하였다.

과거의 자신으로 돌아가 문제가 발생한 시점의 상황을 잘 이해하고 받아들인 후에 과거의 자신에게 보내는 편지를 통해 맺힌 두려움의 느낌을 풀어내면 된다.

지금까지의 흐름을 잘 살펴보게 되면 현재 우리가 갖고 있는 삶의 문제점은 과거에 존재했던 자신의 부족한 면을 교정하기 위한 하나의 도구인 것이 드러난다. 이 과정 중에 가장 중요한 역할을 하는 것이 바로 "느낌"이다. 과거의 경험 속에서 시작된 그 느낌이 자신을 매사에 조심하도록 만들어 예전의 곤란함을 되풀이하지 않게 했다.

하지만 곤란함으로부터 벗어난 이후에는 그 느낌이 "마치 한겨울에 잘 입었던 두터운 외투를 한여름에도 걸치고 있는 듯한 하나의 삶의 무거움"으로 존재하는 것 같다. 이러한 행위가 한편으로는 어리석게도 느껴지지만 어려서부터 자리 잡은 습관이 자기 자신의 일부인 양 느껴지기에 비록 무겁고 불편하지만 그 "느낌"들을 짊어지고 가는 것이다. 우리가 일상에서 버릇처럼 하는 얘기 중에 "업"이란 말이 있다.

내가 힘들어하고 버거워하지만 자신의 삶의 일부이기 때문에 어쩔 수 없이 그냥 짊어지고 가야 한다는 말이다.

이 말을 잘 따져 보면 앞에서 얘기한 "느낌"과 비슷하지 않은가 싶다.

"업 혹은 업장"은 자신이 과거 혹은 전생에서 가져온 자신의 과오로 인해 현생에서 갚아야 할 빚이라는 의미일 것이다.

그런데 과거의 빚이란 무엇을 의미할까?

과거 자신의 잘못 혹은 부족함으로 인해 경험한 하나의 사건(경험)과 그로 인해 발생한 특정한 느낌이 아닐까? 종교에서 말하는 "업"의 개념은 너무 상상화 되어있어 현재를 살고 있는 우리의 피부에 잘 와닿지 않는다. "업"을 과거에 경험한 자신의 부족한 점으로 인해 발생한 경험(사건)과 느낌이라 표현해 보면 어떨까? 그리고 그 경험 이후 발생한 "자신의 느낌"들,

    제3의 경계

예를 들면 별다른 주의 없이 개에게 접근하여 물린 경험으로 생긴 두려움, 친구들과 놀기 바빠 부모님의 임종을 못 챙겨 생긴 죄책감 등 알게 모르게 우리가 생활 속에서 경험하는 생활 속의 사건들 말이다.

우리가 위와 같은 경험들을 한 이후에 우리는 그 경험과 관련된 특별한 느낌들을 지니게 된다. 그리고 그 느낌들에 의해 삶이 특정한 방향으로 흘러 가게 된다. 통상 이전과의 삶과는 전혀 다른 방향의 삶을 살게 되는데 그것은 본인이 경험한 그 경험의 느낌을 지워 내려는 노력이다. 이 노력의 결과로 예전과는 다른 존재로 거듭나게 되며 동시에 새롭게 만들어진 삶의 형태가 습관으로 자리잡게 된다. 그리고 현재의 습관을 자신으로 인식하며 살아간다. 그러나 이미 과거 자신의 모습을 벗어났음에도 불구하고 계속 불편했던 느낌을 떨쳐 버리려 하는 노력이 현재의 자신을 불편하게 만들어 간다.

하지만 이미 그 습관을 자신이라 받아들였고 과거의 기억을 잊었지만 불편한 느낌이 존재하기 때문에 마치 형상 없는 무거움이 항상 가슴 위에 존재하는 것처럼 느끼며 살아가는 것이다.

그러하기에 이 느낌을 지워내기 위해서는 그 근원을 "거꾸로 쓰는 자서전"을 통해 찾아내고 현재 성장한 자신의 모습으로 과거의 자신을 이해하고 그 느낌을 지워내야 한다.

이러한 과정이 과거의 나약하고 모자랐던 자신이 노력하고 성장하게 하는 역할을 하였던 것이다. 이때의 "느낌"이 마치 "카타르시스"와 같은 역할을 했던 것이다.

그런데 우리가 항상 불편했던 느낌만을 가지고 있는 것은 아니다.

삶의 경험 중 즐겁고 행복했던 경험도 많다. 그 경험과 더불어 발생하는 긍정적인 느낌이 우리 안에 함께 하고 있는 것이다. 참 이상한 것은 우리가 살면서 긍정적인 느낌을 쫓아가는 것이 아니라 주로 부정적인 느낌만을 쫓는다는 것이다.

이것은 아마도 인간의 생존과 관련이 있어 그렇지 않나 생각한다.

본인이 과거에 힘들었던(위험했던) 것을 되풀이하지 않기 위해 부정적인 것에 더 집중하게 되는 것이다.

이제 "느낌"이 얼마나 중요한지 깨닫게 되었다.

그럼 이 "느낌"의 긍정적인 면을 이용하여 스스로를 발전시키는 것은 어떠할까?

통상 우리는 어떤 결정을 할 때 그 주제에 대한 정보를 취합하고 장단점을 따져 본다. 그런데 실제 결정 단계에서는 쉽사리 결정을 내리지 못하고 미래에 대한 불확실성 때문에 머뭇거리다 흐지부지되는 경우가 대다수이다.

물론 과거의 부정적인 기억들이 결정에 영향을 미쳐 제대로 상황파악을 못하게 되는 경우 대부분이지만 간혹 왠지 모를 "느낌" 때문에 시도한 결정이 의도치 않은 좋은 결과를 가져오게 되는 경우가 있다.

어떻게 이러한 일이 가능했을까? 단지 운이 좋았던 것일까?

그 이유는 본인이 과거에 경험한 긍정적인 기억의 느낌이 현재 본인의 의사결정에 영향을 끼쳐서 발생한 일이다. 예전에 비슷한 상황 속에서 경험하였던 긍정적인 느낌이 자신의 내부에 남아 올바른 결정을 하는 데 도움을 주었던 것이다.

그럼 현재 자신이 상황을 긍정적으로 바라볼 수 있다면 이러한 경험이 분명 미래의 상황판단 및 결정에도 도움을 줄 수 있다는 말이 된다. 그런데 긍정적으로 바라본다 함이 과연 어떤 뜻일까? 의미는 좋으나 현실적으로 우리는 너무나 부정적인 상황에 둘러싸여 있고 그 안에서 제대로 상황파악도 하기 힘들다.

아무리 긍정적인 느낌을 느끼려 해도 주변의 영향으로 제대로 느낄 겨를이 없다.

맞는 말이다. 현대 사회는 참 빠르게 흘러가고 있으며 한 치 앞도 예측하기 어려운 혼란스러움 그 자체이다.

하지만 "누가 이러한 상황을 받아들이고 그 상황이 본인을 통제하도록 허락하였는가?"

내가 아니던가. 세상에서 살아 남기 위해서 다른 사람들과 경쟁해서 좀 더 나은 자리와 돈을 얻으려 스스로 이 환경으로 뛰어 들지 않았는가? 사람들을 비판하기 위해 한 말이 아니다. 우리 모두는 세상에서 살아 남기 위해 열심히 살아왔고 지금도 최선을 다해 달려 가고 있다.

이를 부정해서는 안 된다. 인정하되 이러한 인간사회의 풍토가 현재 우리 사회에 어떠한 영향을 미치는지 살펴보아야 한다.

이제 세상은 살 만한 형편이다. 조금만 최선을 다해 일한다면 먹고 사는 데에는 아무런 문제가 없다. 인간 문명은 이미 전 세계 인구를 충분히 먹여 살릴 만큼 발달해 있다.

하지만 현실은 어떠한가? 지구 어느 한쪽에서는 배고픔으로 죽어 가고 있으나 다른 한편에서는 아직 먹을 수 있고 충분히 쓸 수 있는 물품들을 폐기하고 있다.

이건 무엇인가 문제가 심각하다. 서로가 나눌 수 있는 환경임에도 나누기보다는 썩어 문드러지더라도 움켜쥐길 원한다. 이러한 원인은 바로 과거의 기억으로부터 온 이기적인 행태이다.

내가 가지고 있지 않으면 뭔가 문제가 생길 것만 같고 남들이 다 빼앗아 갈 것만 같은 그 "느낌"이 인간의 의식을 점령하여 현재의 이기적이고 혼란스러움을 만들어 내고 있다.

잘 한번 생각해 보라. 지금껏 자신을 여기까지 끌고 온 것이 무엇이었는지를.

지금까지 받았던 교육인가? 아니면 주변의 의견이 지금 이 자리에 있게 한 것인가?

물론 그러한 환경적 요인도 도움은 되었을 것이다. 그러나 내면에서 존재하는 우리의 "느낌"이 우리를 여기까지 오게 했다.

이제는 이 "느낌"의 메커니즘을 알아야 한다. "느낌"의 생성 원리와 어떻게 발전되어 왔는지 그 기전에 대해서 알아차리게 된다면 현재 나의 문제도 어떻게 풀어가야 하는지 길이 보일 것이다.

자신의 "느낌"과 가까워질수록 우리는 스스로를 잘 알게 되고 그 속에서 발견하는 편안함 속으로 젖어 들 수 있다.

사실 각 개인의 문제나 현 사회 전체의 문제는 이 자연스러운 "느낌"을 무시하고 각종 정보와 생각이 만들어 낸 욕망에 탐닉한 결과로 발생하는 것이다.

자연스러움이 아닌 꾸며낸 거짓됨이 진실함을 덮어씌워 숨막히는 현실을 만들어 낸 것이다.

답은 간단하다. 우리의 잃어버린 "느낌"을 찾는 것이다.

지금까지 쌓아 올린 인류의 문명을 다 때려 부수지 않아도 된다.

다 필요에 의해 만들어진 것이니 천천히 한 걸음 한 걸음 자신의 "느낌"을 찾는 노력을 하면서 찾아가면 된다. 그래서 먼저 각자가 자신의 느낌을 되살려 나가다 보면 현재의 자기 자신의 상태를 깨닫게 될 것이고 바른 상태로 되돌리려는 노력이 자연스럽게 이루어질 것이다. 안타깝게도 이제 응급처방 등으로 세상의 상태를 호전시키는 단계는 지났다.

돌이킬 수 없는 상황이기에 이제는 스스로를 돌보는 자만이 미래를 꿈꿀 수가 있다.

물론 세상은 끝나지 않겠지만 모두 다 과거 뒤틀린 경험으로부터 비롯된 잘못된 "느낌"이 통제하는 삶으로 가득한 세상 속에는 편안함과 행복을 느끼기 힘들 것이다.

'느낌' 회복하기

어쩌면 지금껏 우리는 "느낌"과 "감각"을 착각하고 살아왔다.

보고 듣고 맛을 경험하며 피부와 후각을 통하여 체험하는 것이 느낌인 줄 알고 있지만 사실 "느낌"이란 오감을 통해서 경험되어진 결과가 하나의 패턴으로 내 안에 자리 잡은 상태를 말한다.

사전적인 의미로는 "몸의 감각이나 마음으로 깨달아 아는 기운이나 감정"이나 진정한 "느낌"은 감각을 통해 드러난 자신에게 긍정적이고 부정적인 상태를 깨달아 아는 것이다.

이러한 착각은 사건을 통해 경험한 결과인 "느낌"보다는 사건을 감각하는 감각을 중요시하는 데에서 기인하였다. 그래서 삶을 살아가는 과정에서 경험을 통해 얻는 "느낌"보다 보여지는 감각을 중요시하여 "더 좋은 것만을 보려 하고 더 좋은 소리만을 들으려 하고 더 좋은 음식만 맛보려 하고 피부에 닿는 부드러움만을 찾으려 하고 좋은 향기만을 찾으려 하는 것이다."

여기에는 아주 큰 함정이 있는데 "더 좋다"는 개념에는 절대적인 기준이 존재하지 않는다. 인간 사회에서 자연 발생적으로 만들어진 개념일 뿐이다. "남이 나보다 더 많이 갖고 있으면 남의 것이 더 좋다"라는 상대적인 개념으로 자신이 가지고 있는 것에 대해 이것이 나에게 좋은지 나쁜지 알아보기 전에 남과 비교하여 자신의 좋고 나쁨을 판단하는 개념이 깊이 뿌리박혀 내려왔던 것이다. 이러한 개인적인 비교가 집단 간의 비교로 발전하게

되고 국가 간에도 서로 비교하며 시기하고 남보다 더 많이 가지려는 현상
이 지금 벌어지고 있다.

이러다 보니 아무리 좋은 자원과 재능을 갖고 있다 하더라도 감각에 의
존한 비교의 원리에 오염된 삶을 살고 있으니 개인의 자원과 재능이 드러
날 수 없어 깊이 사장되고, 단지 겉멋만으로 살아가는 멋지게 장식된 종이
인형처럼 내 안의 평화나 기쁨 없이 외모와 감각 지상주의에 오염된 주변
에 뒤처지지 않으려고 자신을 느끼지 못한 채 달려가고 있는 것이다. 집단
을 보게 되면 어느 누구도 그 집단의 성장이나 건강에 신경 쓰지 않는다. 단
지 더 높은 위치에 오르기 위해 물불을 가리지 않으니 보이는 모습과 실제
집단내부의 운영상태는 괴리가 깊다. 설령 누군가 그 현실을 깨닫고 바꾸
어보려 해도 대다수 조직원의 행태가 바꾸길 원하지 않으니 포기하며 단지
외부로 보여지는 돌려 막기식의 실적 포장으로 겉만 번지레하게 만든다.
이러하니 언제 무너져도 이상하지 않고 마치 폭탄 돌리기처럼 "나만 안 걸
리면 된다"식의 행동이 만연하는 것이다.

너무나 아슬아슬한 이 상황 속에서 하루하루를 살아가는 것이 과연 얼마
나 즐거울까?

마치 천 길 낭떠러지를 걷는 기분일 것이다. 그런데 누가 이러한 불편하
고 고단한 삶을 강요하였는가? "부모가 그리고 사회가 우리를 이러한 고난
의 구렁텅이로 내몰았다"라고 불평하고 탓할 수도 있겠지만 반은 맞고 반
은 틀리다. 사실 부모도 과거부터 이 방법밖에 모르며 삶을 계속해 왔다. 그

래서 남들과 경쟁하고 한시적이고 조건적인 즐거움을 위해 노력하라고 했던 것이다. 하지만 아무리 주변에서 자신을 그러한 방향으로 인도를 했다 하더라도 스스로 받아들이지 않으면 될 수 있었다. 그래서 우리 자신에게도 현재의 상황에 대한 책임이 있다.

남을 탓할 것이 아니라 문제의 근본 원인을 살펴보아야 한다. 문제의 원인은 우리 스스로 "내가 뭘 원하는지?"를 모른다는 데 있다. 아니 그 능력은 존재하였으나 기존의 교육과 사회 규범 등으로 그 능력을 사용할 수 있는 사실을 잊어버리고 있다.

그래서 그 능력을 다시 되찾기 위해 우리의 "느낌"을 회복해야 한다.

우리의 느낌을 회복하는 방법은 먼저 자신이 처한 상황을 잘 이해하는 데 있다.

통상 인간은 자신의 외부에 존재하는 상황과 그 외부 상황에 대한 내면세계가 상존하는 상황 속에서 바쁘게 교류하며 살아간다. 이러한 교류를 통해 "삶"을 이루어 가는데 대부분의 사람들은 이러한 교류의 과정에 매달려 자신이 이루어 가고 있는 삶을 느끼지도 못하며 헉헉대고, 때로는 외부 상황 속에 갇혀 있어 그 상황 속에서 허우적대고 있으며, 다른 한편으로는 자신의 내면세계에서 빠져나오지 못하고 힘들어한다. 외부 상황을 풀어 보려 힘쓰는 것도 문제이고 외부 상황에 대응하는 내부의 패턴에 휩싸여 그 속에 머물러 있는 것도 문제이다.

인간의 삶은 외부 환경을 자신이 원하는 대로 만들기 위함도 아니고 외부 상황에 대응하는 자신의 내면에 머물러 있고자 함도 아니다. 예를 들어 삶의 목표가 더 나은 일자리를 갖는 것이라 하여 항상 더 좋은 일자리를 찾아 헤맨다면 정작 좋은 일자리를 가져도 그 자리가 주는 행복감을 즐길 겨를도 없이 더 나은 자리를 찾을 것이고 결국 영원히 삶의 기쁨을 느낄 수 없을 것이다.

그리고 예전에 경험하였던 실패의 쓰라린 경험으로 인해 새로운 일을 찾아 나설 때마다 과거의 기억 속에 갇혀 "나는 안돼"라는 패턴에 휩싸여 포기하는 것과 같은 내면의 대응을 벗어나지 못하는 삶은 마치 어둠 속에 갇혀 있는 것과 같으리라.

이러한 안팎의 상황이 자신을 끌고 다니니 머리는 복잡하고 가슴은 답답하며 몸은 피곤한 상태를 벗어날 수가 없는 것이다.

그래서 이제는 이 안팎으로부터 끌어당기는 힘을 중화시킬 필요가 있다.

중화시킨다 함은 불편한 외부 환경과 내면에 존재하는 스스로를 힘들게 하는 외부와 반응하는 프로그램으로부터 스스로를 끌어내어 안정되고 편안한 상태로 만드는 것을 의미한다.

내외부의 불편한 상황으로부터 자유로워지는 상황은 바로 "자신의 올바른 느낌"을 회복하는 것이며 이 "느낌"의 회복은 "내가 진정 원하고 행복할 수 있는 것"이 무엇인지를 찾아낼 수 있는 능력을 찾는 것이다.

중화를 시키기 위해서는 내외부의 불편함으로부터 벗어난 "제3의 경계"

를 찾아야 한다.

"제3의 경계"라 함은 외부 환경에도 속하지 않으며 내부의 만들어진 프로그램과도 연결되어 있지 않은 장소를 의미한다.

이 경계를 찾아 스스로 내외부로부터 불편함을 이겨낼 수 있는 토대를 만들어야 한다.

너무 뜬 구름 잡는 듯한 얘기인 것 같지만 사실 이 방법은 역사 이래로 여러 위대한 스승이 지적한 바와 같다. 우리가 이 "제3의 경계"를 찾아 이미 갖추어져 있던 스스로의 능력을 회복하게 되면 지금껏 힘들어했던 내외부의 불편함이 한낱 "허상"에 지나지 않았음을 깨닫게 된다.

여기에서 "허상"이라 함은 조건과 시간에 의해서 만들어진 환경을 의미하며 조건과 시간이 사라지면 조성되었던 환경도 사라지기에 "허상"이라 칭하였다.

하지만 인간 누구나 "스스로 가지고 있는 올바른 느낌"은 사라지거나 부서지지도 않으며 영원히 존재한다.

그러나 이 느낌은 지금까지 성장하며 살아오며 경험하고 기억하는 부정적인 정보에 의해 덮여져 쉽게 느낄 수 없다. 그래서 이 덮여 있는 부정적인 정보의 영향을 벗어나기 위해 이를 바라볼 수 있는 힘을 길러 관찰함으로써 그러한 부정적인 정보들이 자신에게 필요한지 아니면 불필요한지를 따져 정리를 해야 한다. 그러나 부정적인 정보의 영향 안에서는 정보들을 제대로 판별해 내기가 불가능하다.

그래서 제3의 경계를 찾아 스스로 안팎을 객관적으로 볼 수 있는 상태를 만들어야 한다.

그럼 과연 제3의 경계가 어디일까?

먼저 우리 몸에서 외부와 내부를 연결하는 경계가 어디인지 살펴보자. 먼저 우리 몸의 피부가 가능성이 있다. 하지만 피부는 면적이 너무 넓어 어디에 집중할 것인지 판단하기가 어렵다.

다음은 호흡을 통해 외부와 내부를 연결하는 지점을 살펴보자. 바로 코끝이다. 코끝은 지점이 조그만 하여 집중하기가 용이하다. 잘 살펴보면 코끝을 통과하여 안으로 들어오는 순간 우리의 내부와 연결된다. 그리고 숨이 코끝을 통과하여 나가는 순간 흩어져 외부환경과 합류하게 된다.

사실 우리가 힘들어하는 것이 바로 우리 의식이 외부 환경과 내부에 존재하여 외부 상황에 반응하는 프로그램이 밀고 당기며 우리를 잠시도 편안하게 있지를 못하게 하기 때문이다.

예를 들면, 직장에서 다들 잘 진급하는데 자신은 번번이 실패한다면 그 상황이 싫어 외면하려 해도 내면에서 스스로를 자책하는 생각과 감정이 못 살게 군다. 이처럼 세상을 살다 보면 안팎에서 자신을 곤란하고 불편하게 하는 것이 끊이지 않는다. 그렇다고 그 상황에서 물리적으로 도망쳐도 이내 비슷한 상황이 다시 찾아와 힘들게 하는 경우를 느껴 보았을 것이다.

자. 그럼 반신반의하면서도 한번 시도는 해보자. 어차피 잃을 게 없다. 제3의 경계인 코끝에 집중하고 들이쉬는 숨과 내쉬는 숨을 느껴보자. 그냥 편

안하게 코끝을 통과하는 숨이 어떤 느낌인지를 살펴보는 것이다. 아마도 들이쉬는 숨은 조금 상쾌하게 느껴질 것이고 내쉬는 숨은 약간 무겁고도 더운 느낌이 들 것이다. 그대로 들숨과 날숨을 하나의 사이클로 하여 숫자를 헤아려 보자.

"들이쉬고 내쉬며 하나, 둘, 셋 그렇게 30번 정도만 해보자." 그러면서 피곤하고 답답했던 가슴과 어깨가 조금씩 편안해지는 것을 느낄 수 있을 것이다. 이때 자신의 내부에 존재하는 생각과 감정이 불쑥 튀어나와 주의를 끌어가려 할 것이다. 이것은 아주 정상적인 반응이다. 이러한 내부에서 나타나는 산만함에 신경 쓰지 말고 다시 의식을 코끝에 집중하고 들숨과 날숨을 헤아려 보자.

여러분이 숨을 제대로 헤아리고 있는 그 순간이 바로 "안팎의 불편함"으로부터 자유로운 시간이다. 그리고 코끝이 단지 신체의 일부분이 아닌 "하나의 코쿤(고치)"처럼 편안하게 자신을 감싸주는 느낌으로 존재하게 될 것이다.

"이러한 느낌은 바로 그동안 자신의 의식이 외부의 상황과 반응하고 내부의 생각과 감정 등에 붙들려 편안하지 못했기 때문에 잠시 그 영향들로부터 자유로워지면서 느끼는 현상이다." 이러한 느낌은 갑자기 생겨난 것이 아니라 원래부터 존재하였으나 우리 스스로 잊고 있었던 "느낌"이다. 하지만 이러한 "느낌"을 유지하기가 쉽지는 않는데 거의 한 평생 자신 안팎의 환경과 함께 만들어진 생각과 감정 등 내부 프로그램이 쉽게 그 "느낌"으로

복귀하는 것을 허용하지 않기 때문이다.

이미 우리의 시스템 안에 자리를 잡고 습관으로써 우리의 삶을 통제하고 있다. 그러나 전혀 불가능한 것은 아니다. 어차피 우리 안에 자리한 여러 습관도 사실 따지고 보면 "최초의 한 행동"에서 시작되었기 때문이다. 앞에서 설명한 것과 같이 삶의 문제는 과거에 발생한 하나의 사건 이후에 우리 내부에 자리를 잡기 시작하였고 그 행동이 계속 반복되면서 습관으로 자리잡아 마치 "무조건 반사"처럼 비슷한 상황을 만나게 되면 무의식적으로 반응했던 것이다.

그렇다면 "내가 스스로 이 순간 하나의 새로운 습관을 만들어 낼 수 있다"는 가능성도 생긴다. 물론 언제나 원하는 대로 습관을 만들어 낼 수는 없는 일이다. 분명한 행동의 동기가 만들어진 후에야 습관으로 자리를 잡을 수 있다. 예를 들어, 어렸을 적에 밤에 두려움에 떨며 길을 가다 구레나룻 수염을 한 사람이 갑자기 나타나 정신을 잃어버린 경험이 있다면, 커서도 항상 구레나룻 수염을 한 사람을 만나면 피하고 두려워하는 습관이 생겨버린 것과 같이 하나의 습관이 자리 잡기 위해서는 자신의 내면의식에 새겨질 만큼의 충격이나 놀라움이 필요하다.

그런데 항상 부정적인 경험만이 습관을 만드는 것은 아니다. 간혹 어릴 적 할아버지 집에 놀러 가 편안하게 마루에 누워 찐 감자를 먹던 기억은 생각할 때마다 그리고 비슷한 환경을 만날 때마다 흐뭇한 웃음과 행복감을 준다.

이 설명은 어떻게 우리가 긍정적인 습관을 되살려낼 수 있는지에 대한 실마리를 제공한다.

우리가 잃어버린 "느낌"을 되살려내는 것이 바로 어쩌면 내 안에 존재하는 수많은 과거의 "긍정적인 기억들의 느낌"을 되살려 현재 자신에게 필요한 것과 앞으로 미래에 어떠한 결정이 자신을 행복하게 할 수 있는지 도움을 줄 수 있을 것이다.

간단하게 "코끝에 집중하여 숨을 관찰하기"를 통하여 먼저 내외부의 각종 삶의 간섭으로부터 스스로를 자유롭게 하는 것이 현재 앞뒤로 꽉 막힌 듯한 우리 스스로에게 숨통을 틔워 줄 수 있다.

계속 코끝에서 숨을 관찰하다 보면 각종 부정적인 기억이 자신을 흔들어 대기도 하지만 예전에 경험하였던 잊혀졌던 행복했고 기뻤던 기억도 함께 떠오르게 된다. 이때에도 그 기억에 의식을 빼앗기지 말고 계속 코끝에 집중해야 한다. "왜냐하면 코끝에 집중하고 숨을 관찰하는 수련의 목적은 일단 내외부로부터의 간섭을 차단하는 것이기 때문이다." 관찰 중에 아무리 좋은 기억이라 해도 집중을 빼앗기면 다시 그 간섭 속으로 빠져들어 가기 때문이다. 그렇다고 해서 좋았던 기억이 사라지는 것은 아니다. 코끝에서 숨 관찰하기가 끝나고 나서도 그 기억은 존재할 것이고 자신의 삶의 한 부분으로 느껴질 것이다.

이렇듯 우리가 갖고 있는 많은 과거의 기억 중에서 부정적인 기억과 긍정적인 기억을 잘 살펴 부정적인 기억은 그 이유와 현재 본인의 상황을 잘 비교하여 분리해 떠나보내고 긍정적인 기억은 잘 살려내어 현재의 삶을 즐겁고 편안하게 하는 기반으로 삼는다면 구태여 외부에서 조건적인 즐거움을 찾으려 하는 노력을 그치게 될 것이다.

이러한 과정들의 바탕에는 우리 자신의 "느낌" 회복이라는 전제가 깔려 있다. 아무리 과거에 즐겁고 행복했던 기억이 있었다 하더라도 그것을 느끼지 못 한다면 그것은 마치 종이 위에 그려진 맛있는 음식을 먹으려 하는 것과 같다. 그래서 "느낌" 회복이 중요하다.

코끝 집중하기와 숨 관찰하기에 익숙하게 되면 자연스럽게 자신 안에 존재하는 온갖 느낌이 무엇인지 알아차리게 되는데 이는 원래 과거부터 경험한 모든 기억과 경험이 소위 말하는 "내부 의식" 속에 기록되는데, 이 내부 의식 속의 생각과 감정 그리고 욕망이 잊혀졌기는 하나 사라진 것이 아니기 때문에 "외부에 비슷한 상황이 벌어지면 내부에서 잠자고 있던 기억이 되살아난다." 이는 앞에서 설명한 바와 같다. 그런데 우리의 의식이 안팎으로부터 자유롭게 되면 자신의 내부 의식 속에 깃들어 있는 과거의 기억(생각, 감정, 욕망)이 서서히 드러나기 시작한다. 이 원리는 흙탕물이 가득한 컵을 가만히 놔두게 되면 안의 내용물이 서서히 가라앉게 되고 시간이 흐른 후에는 흙탕물이 가득했던 컵 안에 무엇이 들어 있는지 알게 되는 원리와 같다.

우리의 내부 의식을 과거의 경험들이 가득 차 있는 하나의 통으로 보았을 때 이러한 경험은 삶이라는 변화무쌍한 환경 속에서 항상 흔들어진 흙탕물처럼 내용물이 무엇인지 알아보기 어렵게 되어 있다. 만약 스스로를 외부의 환경과 그에 대한 내부의 반응으로부터 벗어나게 한다면 마치 잘 가라앉은 컵 속의 흙탕물처럼 내용물이 잘 느껴질 것이다.

사실 우리의 문제는 "언제 그리고 어떤 이유로 그 문제가 발생하였는가?"를 모른다는 것이다. 우리가 자신의 문제의 이유와 당시 상황을 잘 이해한다면 누구나 그 문제를 풀어낼 수 있다.

그 이해하는 과정이 바로 "코끝에 집중하여 호흡 관찰하기"이며 그전에 스스로 자신의 자서전을 현재 시점에서 시작하여 과거로 역행하며 자신의 문제점이 자신을 힘들게 했던 내용을 기록하며 그 문제의 시발점과 당시의 자신의 상태를 발견하고 이해하는 것을 통해 부정적인 내부의 프로그램을 풀어가는 것이다.

인간 각자 내부의 이러한 부정적인 프로그램이 각 개인의 문제를 만들지만 개인의 문제는 서로 간의 부정적인 내부의식의 충돌로 나타나고 그 충돌이 집단과 집단 그리고 세계 전체로 확산이 되는 것이다. 이러하기에 각자가 개인의 문제를 풀고 난 후에만 전체 문제도 풀어지는 것이다.

물론 위에서 설명한 부정적인 내부 의식이 인류 문명에 악영향만 끼친 것은 아니다. 인류는 살아남기 위해 본인들이 가지고 있던 부정적인 프로그램을 사용하였다. 그 결과 현재의 문명의 발달을 가져온 것도 사실이다.

예를 들면, 전쟁을 살펴보자.

인류의 역사는 전쟁의 역사와 같다고 한다. 항상 투쟁을 통해 힘을 길러 왔고 자신과 가족 그리고 집단의 안전을 도모해 왔다. 그리고 현대 문명에서 사용되고 있는 과학문명도 전쟁무기를 개발하면서 비롯된 것이 많다. 이처럼 부정적인 인간 내부의 프로그램은 때로는 인간들을 보호하였고 또 인간 스스로의 파멸을 불러왔다.

이러한 것은 바로 "인간의 한계"를 나타내는 것이다. 앞으로 나아가고 싶어 하나 더 이상 나아갈 수 없고 있는 현 상황 속에서 오직 "나만 살아 남겠다"는 이기적인 행태가 지금의 지구상에서 벌어지고 있는 현상이다.

문제를 해결하고자 할 때에는 그 문제에서 떠나 제3의 자리에서 바라보아야 객관적으로 바라볼 수 있다. 하지만 현재 인류가 배우고 익히는 모든 것은 이러한 부정적인 프로그램 속에서 "자기만 그리고 자기 식구만, 자기 나라만, 자기 문화만, 자기 종교만 살아 남겠다"는 형국이다. 이는 같이 다 죽자는 것이나 마찬가지이다. 나를 위해 상대를 없애려 하니 결국 하나도 남지 않을 투쟁을 하고 있는 것이다.

이제는 한번 상황에서 빠져나와 실태를 바라보아야 한다.

우리에게 절망적인 가능성만 존재하지는 않는다. 우리 내면에 오직 부정적인 프로그램만 존재하는 것이 아닌 긍정적인 프로그램도 존재한다. 다 함께 즐겁고 평화롭게 살아갈 수 있는 가능성도 있다.

그동안 우리의 생존과 관련된 우리의 선택이 부정적인 가능성에 치우쳐 있었기에 긍정적인 가능성은 그 아래에 묻혀 있었던 것이다.

이제는 모두 다 같이 살아야 한다. 그런데 어느 누구도 우리를 도와줄 수 없다.

우리 스스로 바뀌어야만 한다. 물론 시간은 걸릴 것이다.

그리고 나의 삶의 존재가 외부의 상황 변화로 위협받고 있는 상황에서 내 스스로 내부 의식 속의 부정적인 프로그램(생각, 감정과 욕망)을 잘 분별해 내어 스스로를 편하게 하고 자신 내부의 긍정적인 프로그램을 살려내어 미래를 열어야 한다.

삶의 고통이 끝나는 순간

삶은 우리에게 기쁨을 주며 행복을 선사한다.

또한 삶은 고통의 근원이기도 하며 어려움을 가져다주곤 한다.

진정 삶이란 때론 기쁘다가 슬프기도 한 그저 바람에 쓸려 다니는 끊어진 부표처럼 흘러 다니다 마지막 숨이 다하면 마치는 것인가?

인간으로서 이 땅에 태어난 데에는 분명 이유가 있으며 그 이유를 풀어내기 위해 살아가고 있음이다.

삶에 존재하는 이 모든 조건(오욕, 칠정 등)은 우리의 존재 이유를 알려주는 하나의 실마리이다.

삶에서 도망치는 것은 자기 자신의 존재로부터 멀어지는 것일 뿐이다. 분명히 알자.

나의 존재 이유를 알 때 나의 모든 고통은 나를 일깨워 주며 나를 진정 평화로움과 참된 기쁨으로 인도한다는 것을…

내가 진정 나를 알고자 할 때 더 이상 삶의 고단함은 나를 힘들게 하지 않음이라.

머리로만 알고자 하는 자는 더더욱 자신으로부터 멀어지리니 가슴으로 자신을 느끼라. 그리고 스스로에게 질문하라.

왜 이런 삶을 택하였는지를…. 그리고 귀 기울이라.

가슴속 깊은 곳에서부터 들려오는 날 일깨우는 소리를 멀리서 터오는 해를 보리니.

이제 더 이상 삶은 고통이 아니며 새로운 기대와 설렘이 함께 하리라.

인간은 한계 지워진 존재가 아닌 우주적 존재이다.

인간에게 존재하는 모든 감각 능력과 인지 능력 등은 인간이 생존에 관한 생명 활동만을 하는 개체가 아니라 스스로를 발전시켜 갈 수 있는 존재임을 의미한다.

그러나 인간의 의식 속에 역사 이래로 깊이 자리 잡은 생존에 대한 두려움 때문에 항상 부정적인 경우를 대비한 시나리오들이 발달해 왔다. 앞서 설명한 바와 같이 이러한 부정적인 시나리오는 인간이 생존하는 데 큰 역할을 하였고 현대 문명을 이루는 데도 큰 역할을 하였다.

현재 인류는 이러한 부정적인 시나리오로 인하여 우리 스스로 이룩한 문명을 서로 파괴하며 결국 자멸할지도 모르는 위험한 상황에 놓여 있다. 이러한 상황은 기존에 우리가 갖고 있던 사고방식으로는 해결되지 않는다.

생존에 근거한 부정적인 시나리오는 인류를 지금까지 되풀이해 왔던 상호 파괴의 함정에서 벗어날 수가 없게 한다.

이제는 생존의 단계를 지나 서로 함께 할 수 있다는 새로운 믿음을 구축해야 한다.

사실 인류는 이 땅에 존재하는 모든 사람들이 먹고 살 수 있을 만큼의 생산물을 만들어 내고 있다. 그러나 인간 스스로는 "아직 내가 더 많이 가져야 한다"는 내적 빈곤의 허상 속에 빠져 실상을 볼 수 없다. 그래서 "빈익빈 부익부"라는 괴상한 형태가 존재하는 것이다.

스스로 내면에 존재하는 "빈곤과 두려움의 허상"을 확인하고 이해하며 그 허상을 떨쳐 버릴 수가 있게 되면 그때 비로소 주변이 보일 것이다. 그리고 여태껏 자신 스스로와 주변에 해를 끼치며 살아왔던 자신을 깨닫게 되고 자신과 주변을 도울 수 있는 방법을 찾으리라.

인간은 내재된 두려움과 생존을 위한 부정적인 시나리오에 의해 스스로를 발전시켜 왔지만 그 시나리오를 통제하지 못하고 오히려 시나리오에 의해서 조종되어 자신과 주변에 해를 끼치는 상황에 이르렀다.

다른 한편으로는 인간은 자신 안에 함께 존재하는 긍정적인 경험을 바탕으로 한 긍정적인 시나리오를 발견함으로써 자신과 주변을 함께 돌보는 우주적인 존재로 발전할 가능성을 역사를 통해 보여 주었다.

이제는 인간 스스로 선택을 해야 할 시간이다. 아니 이미 선택지가 너무 분명한 상황이다.

이제 행동으로 현재 파멸을 향해 달려가는 제동장치가 고장난 "폭주 기관차"와 같은 부정적인 시나리오를 벗어나 각자가 스스로 자신 안에 존재하는 긍정적인 시나리오를 찾아내어 스스로의 행복과 편안함 속에 머물며 주변과 경쟁이 아닌 서로의 존재를 인정하고 조화를 이루어 나가는 선택만이 남아 있을 뿐이다.

어쩌면 인류는 코너에 몰려 있는 상황이다. "한계 속에 스스로와 서로를 갉아먹는 존재로 남아 파멸할 것인가?" 아니면 이 위기를 "자신 안의 가능성을 찾아 한계를 뛰어넘어 자신과 주변을 함께 살리는 조화로운 존재로 거듭날 것인가?"

답은 의외로 가까이 있다. 특별한 자에게만 허락된 것이 아니라 인간이면 누구에게나 존재한다. 자신 안에 존재하는 답이 생존이라는 원초적인 본능 아래 가려져 있어 그 본능이 주는 두려움과 욕망을 극복해야 한다.

이것이 바로 우주가 인간에게 주는 저주이자 선물이다.

항상 두려움과 욕망에 휘말려 사는 자들에게는 "저주"가 될 것이고 그 두려움과 욕망을 극복하고 스스로의 가능성을 찾는 자에게는 "축복"이 될 것이다.

세상은 인간들에게 끊임없이 변화하라는 메시지를 보내고 있다. 지금까지 인간들은 자신들만의 생존을 위해 다른 자연환경을 파괴하고 더불어 인간 스스로 투쟁과 갈등으로 삶의 터전인 이 땅을 위험하게 하고 있음을….

이제 3차원적인 존재에서 우주적인 존재로 거듭나야 할 시간이다. "나"
부터 이 필요성을 느껴 선언한 것이다.

진실한 내 자신의 모습

나를 잊고 나를 다시 찾음이라.

과거의 나를 지우고 진실한 나를 찾음이라.

망각의 나를 통해 어리석은 미래를 만듦이라.

망각의 나를 깨달음에 진실한 나의 모습이 나타나도다.

나는 나를 숨 쉬지 못하였고 나를 표현하지도 나를 알지도 못하였네.

세상의 모든 일이 나를 얽어맴에 나는 한 칸의 숨 쉴 공간도 없었네.

세세 생 생 나는 이러한 나를 진짜인 줄만 알고 여기까지 끌고 왔네.

이제 더 이상 갈 곳도 힘도 남아있지 않아 주저앉음에

스스로의 서러움이 나를 감싸안아 나를 비우게 하네.

비우고 비우고 또 비워도 비워지지 않음에

또다시 한번 서러움에 가슴 깊이 눈물 흘렸네.

하늘에 빌고 땅에 빌어 이 모든 고통으로 부터 벗어나길 바랬네.

그러나 빌고 빌어 나의 가슴은 더더욱 타들어 가고

끝내 주저앉아 그저 내 스스로 무너졌네.

무너짐에 과거 나를 그토록 힘들게 하였던 모든 생사 일반이

함께 무너졌네.

이제 저 깊숙한 곳에서 무너지지 않는 금강석과 같은 기운이 나를 감싸네.

한숨 한숨에 서서히 깊숙한 곳에서 빛이 터져 나오네.

그 빛은 나를 일으켜 세워 하늘과 땅을 보게 하여 진정 둘이 아닌 하나임을 느

끼게 하였네.

그러나 하나이면서도 서로 각각이 조화롭게 어울려져 있네.

조금씩 조금씩 나와 전체가 서서히 어우러져 가네.

이제 난 희망이 있네.

과거 힘들어했던 나의 삶이 조화로워져 갈 수 있다는….

그리고 이젠 혼자만이 아닌 세상과 어우러져 나갈 수 있다는….

진실한 내 자신의 모습

후기 (Epilogue)

세상은 많은 존재들이 서로를 통해 영향을 주고받으며 삶이란 과정을 이어 간다.

그 과정 속에 성장하고 성취하며 결과를 얻어 각자의 위대한 여정을 마친다. 우리는 3차원의 감각으로만 이 과정을 인식하고 반응한다. 그 결과 제한된 조건 속에서 "생존"이라는 난제를 풀기 위한 투쟁을 통해 성취를 이루어 간다.

과연 "생존"이 오직 "투쟁"을 통해서만 가능한가? 이 질문이 필요하다.

현재 인간은 이미 이 질문에 대해서 생각을 하고 있다. 단지 자신들이 가진 조건과 시간을 놓지 않기 위해 이 질문에 답을 하지 않고 있다.

먼저 본인들이 잡고 있는 조건과 시간이, 자신의 "생존"과 관계 없고 내면에 자리잡은 과거에 만들어진 부정적인 기억(경험)의 부산물이란 사실과 언제든 조건과 시간이 사라지면 부서져 버릴 허상이란 것을 깨달아야 한다. 자연(우주)은 인간이 가진 이 허상을 깨뜨려 스스로 알아차리도록 여러 현상을 통해 인간에게 메시지를 보내고 있다.

스스로의 허상을 깨트리는 방법은 인간이 잃어버린 "느낌"을 되살리는 것이다.

자신이 처한 실상을 느낄 때 바뀔 것이다.

인간은 누구나 이러한 아픔과 괴로움을 통해서 성장하고 더 큰 존재로 나아간다.

현재의 힘듦도 스스로를 발전시키기 위한 "성장통"이다.

이제 "3차원의 세상 논리를 벗어나 자신과 전체를 아우르는 우주적인 존재"로 탈바꿈하는 중요한 시점이다. "나"부터….

우리가 행복해지기까지의 길

― 가온빛·나린빛의 『제3의 경계』

김종회(문학평론가, 전 경희대 교수)

1. 자각과 수행의 여러 형식

'사람의 행복은 어디에 있는가' 하는 물음은 오래전부터 철학자·종교인·시인이 탐구해 온 주제다. 이제까지 인류가 이 명제로부터 얻은 결론을 먼저 말하자면, 그 행복은 마음에 있다고 단정할 수 있다. 그러나 이 답변은 단순한 심리적 상태를 뜻하는 것이 아니다. 외적 조건이 아닌 내적 인식, '얻음'이 아니라 '멈춤'에서 비롯되는 평화, 고립을 넘어 나누고 공감하는 관계성의 실현 등이 구체적이고 실천적인 항목이 된다. 이들은 기실 우리 내부에 있고 우리가 활용하기에 따라 충분히 우리 것이 될 수 있는데, 우리는 이를 잘 모르거나 알고도 놓칠 때가 많다. 이 질문과 답변은 인류가 정신과 영혼의 존재를 자각한 이후 끊임없이 이어져 온 화두였다.

특히 동양 문화권의 정신문명에 있어서는 이에 대한 탐구가 사뭇 치열하여, 이의 실현에 이르려는 수행자들의 행렬이 하나의 흐름을 이루기도 했다. 불교의 명상적 깨달음이나 그와 유사한 선수행자禪修行者들의 세계가 특히 그렇다. 이들은 마음의 본성을 관조觀照하며, 세상의 번뇌를 넘어 참된 자아를 깨닫기 위한 수행을 계속해 왔다. 예컨대 중국 선종禪宗의 시조라 할 달마대사, '즉심즉불卽心卽佛'을 주장한 선종의 제6대조 혜능대사, 임제·조주·마조·백장 등의 선사禪師들, 그리고 현대의 수행자로서 법정·성철·틱낫한 등의 승려를 예거할 수 있다. 선 수행자는 종교인에 머물지 않고 존재와 의식의 본질을 탐구하고 깨달음을 추구한 철학자이기도 했다.

한국의 문인 가운데 '수행'이라는 개념과 관련하여 괄목할 만한 성과를 이룬 이는 시인 류시화다. 그가 창작한 시와 산문 또는 번역한 책들의 면면을 살펴보면, 일반적인 시인이 아니라 삶의 의식과 본질을 탐색한 구도자이자 선적 사유자로 이해할 수 있다. 그는 시인으로 문단에 나온 초기에 국경을 벗어나 인도·티벳·네팔 등지로 여러 차례 여행하며 선 수행자·요기·스승들을 만났다. 스승이라는 뜻을 가진 인도의 '구루'이자 철학자 오쇼 라즈니쉬도 그중 한 사람이다. 류시화는 거기서 얻은 지혜를 문학적 언어로 옮겼다. 『하늘 호수로 떠난 여행』, 『지금 알고 있는 것을 그때도 알았더라면』 같은 저술들이 그렇다. 우리가 함께 읽으려 하는 이 책은 문학작품은 아니지만, 그러한 정신적이고 영적인 영역에 걸쳐져 있는 명상서의 하나다.

명상서는 대체로 내면의 자각과 마음의 평정을 중심으로 한다. 그 핵심은 체험과 깨달음이며, 사유思惟의 복합성을 넘어선 직관적 인식을 강조한다. 이러한 정신적 자유로움을 통어統御하면서 공식적으로 확립된 교리나 신앙 체계가 곧 종교적 도그마dogma다. 그 키워드는 '믿음'이며, 공동체적 진리의 규범을 내세운다. 여기에서는 체험보다 신념이 더 중요하고, 절대적 진리의 언표言表화된 형태를 지향한다. 명상서는 심층적 내면화에 목표를 두고, 종교적 도그마는 개인 또는 집단의 방향성과 질서에 방점을 둔다. 두 영역 모두 '진리에 이르는 길'이라는 목표는 같으나 그것을 추구하는 방식은 자못 다르다. 이 대목에서 명상서는 종교적 교리의 외형과 부딪칠 때, 결별 선언을 할 수밖에 없다.

그러기에 명상가나 수행자는 기본적으로 무신론자로 기울어질 수밖에 없는 운명에 있다. 수행하는 '나'가 중심인 것과 종교적 절대자가 중심인 것은 어쩌면 서로 상극의 자리에 있는 경우에 해당하며, 특히 서구 문명에서 배태胚胎한 기독교 교리의 경우에는 확고히 그렇다. 명상가뿐만 아니라 자기 수행과 정진을 중요시하는 다른 종교들에 비해, 기독교는 더욱 적극적인 원론과 실행의 교리를 가졌다. 경제 관념에 있어서도 천주교나 불교의 청빈사상淸貧思想과 달리 청부사상淸富思想을 덕목으로 삼는다. 기독교 신앙의 확신과 기도, 합력과 양선良善, 감사와 찬양 등의 결과는 모두 절대자의 몫이다. 이를테면 위에서부터 아래로의 사랑을 표방하는 대표적인 하향 종교다. 이 책『제3의 경계』가 선 자리는, 그러므로 그와 대척적인 지점이 될 수밖에 없다.

2. '제3의 경계'를 여는 각성

　이 책의 저자 가온빛과 나린빛은 부부 명상가이자 수행자로, 지금은 튀르키예에 거주한다. 이들은 '하이페리온'이란 기구의 창립자이며 교육 시스템을 통해 그 문도門徒 또는 제자들에게 내면의 각성, 정서적 치유, 자아 발견의 길을 가르친다. 가온빛은 선禪을 포함하여 동양의 영적 수행을 42년간 지속해 왔으며, 나린빛은 30년에 이르도록 영적 여정을 이어온 동반자다. 이들은 신령스러운 산 〈이다〉에서 삶과 가르침을 함께 하고 있다. 명상과 가르침, 저술, 개인을 변화시키는 프로그램 등으로 전 세계의 수많은 사람이 내면의 평화와 자유 그리고 보편적 존재로서 자기 자신의 발견에 이르도록 영감을 공여하고 있다. 선한 스승의 삶이다.

　이 책의 서문에 해당하는 〈제3의 경계The Age of Universal Being〉에서는, 현재의 세계가 '극심한 혼란과 무질서 속에서 신음'하고 있다고 보고 이 문제를 어디서부터 어떻게 풀어야 할 것인가라는 문제를 제기한다. 동시에 욕망에 근거하여 서로 싸우고 빼앗는 '저급한 습관'에서 벗어나 '함께 상생'할 수 있는 '우주적 존재'의 방향성을 제시한다. 미상불 이 주제에 대한 각론이 책의 서술부가 되는 형국이다. 여기서 말하는 '우주적 존재'는 '전 우주에서 통용될 수 있는 각자의 개별성을 존중하면서 서로 어우러져 함께 성장해 나가는 존재'라는 의미다. 저자는 계속해서 시간이 별로 남지 않았다고 강조한다. 우리 세계의 혼란과 무질서가 극에 달했다고 보는 견해 때문이다.

이 책에서는 우리가 스스로의 존재를 인식하고 '서로 함께 할 수 있는 존재'로 거듭나야 한다고 가르친다. 이를 위해 해결해야 할 요소로 가장 먼저 인간의 욕망을 들고, '극단적인 개인주의'를 벗어나 '작은 인간의 시각'이 아닌 '인류 전체의 성장'을 바라볼 수 있는 '우주의식'으로 시각을 바꾸어야 한다는 것이다. 그런 연후에 견인할 수 있는 '행복'은 '외부로부터 조건만을 충족시키는 행태'가 아니라 '나 자신만의 편안함과 가진 조건들에 만족할 수 있는 가능성'에서 비롯된다는 논리다. 이와 같은 내면적 자기 확인과 충족감 그리고 그로 인한 세계관의 변화를 두고, 저자는 '신을 믿기 위한 여정'은 끝이 없었다고 술회했다. 이때의 신은 다시 재론할 여지없이 종교적 절대자가 아니라 '내 안의 신', 곧 스스로를 각성에 이르게 하는 내면의 힘이다.

저자는 이러한 논리적 과정을 통해 '현 상황을 변화시킬 수 있는 대책' 곧 '자신의 틀을 자각하고 그 틀로부터 벗어나기 위한 노력'을 예거한다. 이는 다른 표현으로 '스스로 생존할 수 있는 능력'이기도 하다. 이렇게 '폭주 기관차'처럼 달려온 스스로를 멈추고 자신을 살리는 것이 '자기 파괴 프로그램'으로부터 벗어나는 일이다. 그 하나의 방책으로 저자는, 자기 자신을 웅숭깊게 되돌아볼 수 있는 '자서전 쓰기'를 권유한다. 이처럼 '나'와 '내 인생'을 연결하는 노력이야말로 '진정한 나'이자 더 나아가 '결코 상처 입거나 변색되지 않는 우주의 정수'를 발견하는 놀라운 결과를 가져올 것이라고 예견한다. 거기에는 자신을 진솔하게 돌아봄으로써 과거의 상처를 치유하는 힘

 제3의 경계

이 개재介在되어 있다. 이러한 나 자신의 변화를 두고 저자는 '알아차림'이고 '멈춤'이라고 언명言明했다.

이 과정에서 저자가 던지는 또 하나의 중요한 질문은 '과연 삶은 바꿀 수 없는가'라는 주제다. 곧 우리에게 타력으로 주어진 '운명'을 바꿀 수 없는가라는 문제다. 서둘러 저자의 답변을 가져오자면 '운명이 바뀔 수 있다는 자신감'을 갖는 것이 먼저다. 그리고 그다음은 '어떻게'이다. 잠자리 유충 안에 아름다운 날개를 펼칠 수 있도록 숨어 있는 잠재력처럼 우리 내부에 운명을 바꿀 수 있는 숨어 있는 잠재력이 있다는 강변剛辯이 여기에 있다. 이 잠재력에 대한 자신감은 당연히 이미 자신의 내부에 형성되어 있는 것이고, 이를 발굴하는 일이 '과거의 나와의 아름다운 이별'이라는 것이다. 결국 이 책의 저자가 지시指示하는 모든 해답은 우리의 내면으로 향하고 있음을 알 수 있다.

3. 우리가 행복해질 때까지

이 책의 후반부에 이르면, 이제까지의 본문 기술을 통해 참다운 나를 찾고 참다운 행복을 추구하는 그 방법을 익힌 이후의 길을 안내한다. 저자는 이 대목의 소제목을 '드러난 후에'라고 붙였다. 그것은 수행을 통해 나의 존재 가치와 세상과의 관계에 대한 깨우침이며, 그간 쌓아온 과거의 틀을 무너뜨려 새로움으로 우뚝 서는 것을 말한다. 이 깨달음은 '내가 집을 이미 지었다는 것'을 의미하고, 그 이후의 수행은 '집을 지을 때 쌓아온 틀을 무너뜨려 진짜 집을 드러냄'에 있다는 것이다. 더불어 그 집을 그대로 두지 않고 '계속해서 청소하고 관리해야 하는 것'이라는 가르침이다. 이 과정에서 자신이 사유의 주체가 되어, '느낌'이라는 매우 중요한 핵심을 이해하고 다시 살려내야 한다는 것이 저자의 논리다.

이때의 느낌은 강력하고 힘이 세다. 생각으로는 과거의 경험을 되살릴 수 있지만, 그 당시의 느낌은 지워지지 않는다. 마치 우리가 일상에서 버릇처럼 말하는 '업業'과도 유사하다. 중요한 사실은 이 느낌의 긍정적인 면, 이를테면 카타르시스와 같은 역할을 활용하여 스스로를 발전시켜야 한다는 것이 저자의 본의다. 자신이 처한 상황을 잘 이해하여 느낌을 올바르게 회복하면, 이는 '내가 진정 원하고 행복할 수 있는 것'을 찾아내는 능력과 소통된다. 여기에 내·외부의 불편함으로부터 벗어난 '제3의 경계'를 찾는 방도가 있다는 말이다. 이 경계는 '외부 환경에 속하지 않으며 내부에 만들어진 프로그램들과도 연결되어 있지 않은 장소' 곧 내·외의 속박으로부터 자유롭게 개방된 참된 행복의 자리를 말한다.

저자는 여기서 한 걸음 더 나아가서, 제3의 경계야말로 인류의 투쟁적 역사와 현대문명의 부정적 측면이 노정露呈한 '인간의 한계'를 넘어설 행로를 새롭게 열 수 있을 것으로 전망했다. 궁극적으로 '삶은 우리에게 기쁨을 주며 행복을 선사'해야 한다는 것이 저자의 생각이다. 이 단단하고 압축적이며 희망의 소재를 말하는 사상성·철학성의 집적을 거쳐, 인간이 '한계지워진 존재'가 아닌 '우주적 존재'로 확립되는 것이 저자의 꿈이다. 이 논의가

절실하고 또 시급한 것은, 저자의 관점으로 볼 때 어쩌면 '인류가 코너에 몰려 있는 상황'이기에 그렇다. 생존이라는 원초적인 본능 아래 가려져 있는 두려움과 욕망을 극복해야, 우주가 인간에게 주는 선물을 받아 누릴 수 있다는 관점이다.

우리가 사는 세상은 인간들에게 끊임없이 '변화하라는 메시지'를 보내고 있다는 것이 저자의 전언이다. 동시에 그 주장은 인간이 '3차원적인 존재에서 우주적인 존재로 거듭나야 할 시간'에 이르렀다는 경고다. 이 책의 마지막 부분 〈진실한 나 자신의 모습〉은, 마치 불교의 게송偈頌처럼 시로, 노랫말로 되어 있다. 언어의 도가 다하면 마음의 길이 열리는言語道斷心行處 이치와도 같아 보인다. 문득 시인이 된 저자는 노래한다. 나를 잊고 다시 나를 찾음이라! 망각의 나를 깨달으매 진실한 나의 모습이 나타나도다! 나를 찾고 내 속에서 진실한 나를 발견하며, 이를 통해 새로운 존재와 인식의 경계에 이르는 수행의 대장정을 우리는 이 책과 함께 걸어온 셈이다.

이제까지 우리가 정성을 다해 탐구한 가온빛과 나린빛의 명상 수행서 『제3의 경계』는, 앞으로 여러 단계와 아직 다 발설하지 않는 비전을 남겨두었다. 자연 또는 우주가 인간 스스로의 허상을 깨뜨리고 스스로의 길을 알아차리도록 여러 현상을 통해 메시지를 보내고 있는 터이니, 인간의 노력도 그에 상응해야 할 지경이다. 그 허상을 깨뜨리는 가장 중점적인 방식은 인간이 잃어버린 '느낌'을 되살리는 것이었다. 지금의 어려움 또한 그 느낌의 복원과 스스로의 발전을 위한 성장통이라면, 저자가 바라보는 미래의 세계는 결코 어둡지 않다. 이제 시작이다. 앞으로의 저자는 이제까지 선포한 원론에 대한 각론과 제3의 경계에 대한 보다 실증적인 형상에 이르기까지 새롭고도 진취적인 숙제를 남겨두고 있다. 우리는 그 새 가르침을 기대하고 기다리며, 그것이 조속히 가능하도록 두 분의 건승을 빌어마지 않는다.